OHSAMA BUNKO

眠れないほどおもしろい
平家物語

板野博行

JN102887

三笠書房

この世の無常、
「あはれ」を描いた――
『平家物語』の世界へ、
ようこそ

はじめに

〝あはれ感〟満載の栄枯盛衰エンタメ物語！

「祇《ぎ》園精舎《おんしょうじゃ》の鐘の声、諸行無常《しょぎょうむじょう》の響きあり」

日本人なら誰もが知る、この有名な一文から始まる『**平家物語**』。

全十三巻からなる、その長大な軍記物語をひと言でまとめるならば、

「平家の栄華と没落、そして源平争乱の果てに一門が壇ノ《だんの》浦《うら》で〝海のもくず〟と消えるまでを描いた**栄枯《えいこ》盛衰《せいすい》エンタメ物語！**」

となるでしょうか。

京での王朝の貴族社会から鎌倉の武家社会へと転換する時代の大きなうねりの中で、運命のままに滅《ほろ》びゆく人々を、感動的に描いた大傑作です。

仏教的な無常観や因果応報思想に彩られたセンチメンタルな文章は「和漢混淆文《わかんこんこうぶん》」で、七五調を主とするリズム感あふれる文体で記され、その後の日本の文学&芸能シ

ーンに、大きなインパクトを与えてきました。「鵯越《ひよどりごえ》の逆落《さかお》とし」「敦盛最期《あつもりさいご》」「那須与一《なすのよいち》」「義経《よしつね》の八艘跳《はっそうと》び」……など、**日本人の心の琴線《きんせん》に触れずにはおかない、数多くの印象的なエピソード**も盛りだくさん！

だからこそ、七百年以上も読み継がれ、能や浄瑠璃《じょうるり》の題材となり、今も舞台化やドラマ化されるなど、多くの表現者にインスピレーションを与えてきたのでしょう。

本書では、私が**琵琶法師《びわほうし》の「耳なし芳一《ほういち》」**になり切って、作品の世界観や読みどころ、人物像などを解説していきます。

『平家物語』のあらすじがわかるのはもちろん、動乱の時代をたくましく生きた人々の想いがより深く伝わり、かつ日本史の勉強にもなるよう、時代背景などについてもわかりやすく解説することを心がけました。国民的叙事詩《じょじし》ともいわれる『平家物語』の魅力を、少しでもお伝えすることができれば、著者としてこの上ない喜びです。

板野博行

もくじ

2章

こうして平家は「御所の番犬」からのし上がった！

……政治的センスと胆力が抜群だった忠盛＆清盛

3章

その栄華は、まさに「春の夜の夢」のごとし

……運命のままに滅んでいった清盛の子供・孫たち

4章

源氏の武士たちもまた「風の前の塵」に同じ？

……義仲、義経、頼朝――弓矢を取る者の哀しさ

5章

脇役とは思えない「海千山千」の食わせ者たち

……「袈裟」に身を包んで、謀略&暗躍！

6章

戦いの中の「悲恋物語」

……儚いからこそ、永遠に美しい二人

本文イラストレーション　春野薫久

案内役は「耳なし芳一」がつとめます！

ボク、阿弥陀寺《あみだじ》の芳一と申します。小泉八雲《こいずみやくも》の『怪談』にも取り上げられているので、**「耳なし芳一」**と言ったほうがわかりやすいかもね。

ボクは、安徳《あんとく》天皇や平家一門を祀《まつ》った阿弥陀寺（現在は山口県下関市にある赤《あか》間神宮《まじんぐう》）に住んでいた盲目の琵琶法師で、『平家物語』の弾き語り（平曲《へいきょく》）が得意だったんだ。

ある夜、知らないお武家様に、高貴な方の前で平家を語ってくれと頼まれたので、試しに一番得意な「壇ノ浦の戦い」のところを披露したところ大好評。涙を流して感動され、「七日七晩の弾き語り」を所望《しょもう》された。

でも、このことは絶対秘密に、という条件だったので、和尚《おしょう》様に無断で夜な夜な出かけていったんだ。朝帰りするボクを不審に思った寺男たちが、こっそり後をつけてきて見たものは……。平家一門の墓地の中、安徳天皇の墓前で無数の鬼《おに》火《び》に囲まれて琵琶を弾き語っているボクの姿だった。そりゃ、驚くよね。

身を案じてくれた和尚様が、怨霊《おんりょう》からボクを護《まも》るためにと、ボクの体中に『般《はん》若心経《にゃしんぎょう》』を写してくださいました。こうすると怨霊から姿が見えなくなるのだそうで。

ところが、うっかり耳だけお経を写し忘れたために、唯一怨霊から見えていた耳を、ボクを迎えにきた怨霊にちぎられて持って帰られてしまった。その時は痛かったけど、和尚様の言いつけを守って我慢して声を上げなかったよ。

その後、怨霊は二度と現われることはなく、耳の傷も癒《い》え、ボクはこの事件で有名になって「耳なし芳一」と呼ばれるようになった。「災い転じて福となす」とはこのことで、あちこちから「平家を語ってくれ」という依頼がたくさん来るようになったんだ。

さて、この本では、そんなボクめが**最高のエンタメ文学『平家物語』**について面白く、わかりやすく、楽しく、みな様に紹介していくので、よろしくお願いします!!


文中の年齢はすべて「数え年」で表記しました。

『平家物語』を読み始める前に……

これだけは知っておきたい基礎知識

時代背景と登場人物

『平家物語』に描かれている時代は、十二世紀前半～十三世紀初めまで、約七十年に及ぶよ。

この時期は、平安時代の貴族政治が終焉《しゅうえん》を迎え、それまで身分の低かった武士階級が台頭し、鎌倉幕府が開かれようとする過渡期だった。

「貴族から武士へ!!」

と時代が大きく変化していく中、最大の成り上がり者、いや功労者こそが**平 清盛**《たいらのきよもり》だったというわけ。物語の登場人物は数百人に及び、前半は平清盛が主人公。白拍子《しらびょうし》の**祇王**《ぎおう》や**仏御前**《ほとけごぜん》などの魅力的な女性も登場するよ！

後半は、源氏の三人衆、**源 頼朝**《みなもとのよりとも》、**源義仲**《よしなか》、**源義経**、**そして安徳天皇**、**二位尼**《にいのあま》、**建礼門院徳子**《けんれいもんいんとくこ》、**平宗盛**《むねもり》、**平維盛**《これもり》、**平重衡**《しげひら》、**平知盛**《とももり》……など、覇権を握らんとする源氏と滅びゆく平家の多士済々《たしせいせい》が、それぞれの物語を紡《つむ》いでいる。天皇家としては、なんといっても**後白河院**《ごしらかわいん》が抜群の存在感！

もちろん、全員実在の人物だ。

▼作者、成立年代

『平家物語』は、最後のエピローグ的な「灌頂巻《かんじようのまき》」を合わせて、全十三巻の構成というのが一般的。

正確な成立時期はわかっていないけれど、十三世紀半ばくらいには成立していたという説が有力で、これは平家滅亡（一一八五年の「壇ノ浦の戦い」）から約半世紀後のことだ。

作者についても諸説あって正確なところは不明だけど、有名なところでは、兼好《けんこう》法師の書いた『徒然草《つれづれぐさ》』の中に、「信濃前司《しなののぜんじ》行長《ゆきなが》という人物が平家物語を作って、生仏《しようぶつ》という盲目の僧に教えて語らせた」と書かれている（前司とは、今でいう知事みたいな役職）。

でも、実際のところは一人の作者の手によるものではなく、読み継がれ、語り継がれていくうちに色々な人の手が入り、半世紀の間に見事な**大傑作**として完成していったんじゃないかな。

琵琶法師による「平曲」

『平家物語』について語る時に忘れてはならないのが、ボクのような琵琶法師の存在。だって『平家物語』は、読み物としてよりも、語り物、つまり**「耳で聞いて楽しむ形」**で発展してきたからね！

ちなみに、琵琶の伴奏に合わせて『平家物語』を語る音曲《おんぎょく》を「平曲」って呼ぶ。ボクたち琵琶法師は『平家物語』を語り歩いて全国に広め、十四～十五世紀には「平曲」は最盛期を迎えた。

『平家物語』の文体は、「和文体」と「漢文訓読体《くんどくたい》」を融合した**「和漢混淆文」**と呼ばれている。

有名な冒頭の「祇園精舎の鐘の声、諸行無常の響きあり」のような、七五調のリズミカルで哀切極まる言い回し、「箙《えびら》も解いて捨ててんげり」などのような臨場感あふれる音便《おんびん》の多用も、「和漢混淆文」あってこそ、なんだ（ちなみに、箙は、矢を入れて携帯する容器のこと）。

「平家物語」年表

年	月	できごと
一一五六	七	**保元の乱** 後白河天皇VS崇徳上皇、武士の政界進出
一一五九	十二	**平治の乱** 平清盛VS源義朝、平氏が勝利
一一六七	二	**平清盛が太政大臣に就任**
一一七七	六	**鹿ヶ谷の陰謀** 反平家のメンバーが打倒平氏を企むも失敗
一一八〇	四	**以仁王の令旨** 源頼朝、挙兵
	十	**富士川の戦い** 維盛VS頼朝、鳥の羽音に驚いた平家は敗走
一一八一	閏二	**清盛が没する**
一一八三	五	**倶利伽羅峠の戦い** 平家VS義仲、義仲が勝利
	七	**平家が都落ち、源義仲入京**
一一八四	二	**一ノ谷の戦い** 「鵯越の逆落とし」で義経勝利
一一八五	二	**屋島の戦い** 平家VS義経、那須与一が登場
	三	**壇ノ浦の戦い** 安徳天皇入水、平家滅亡

「平家物語」地図

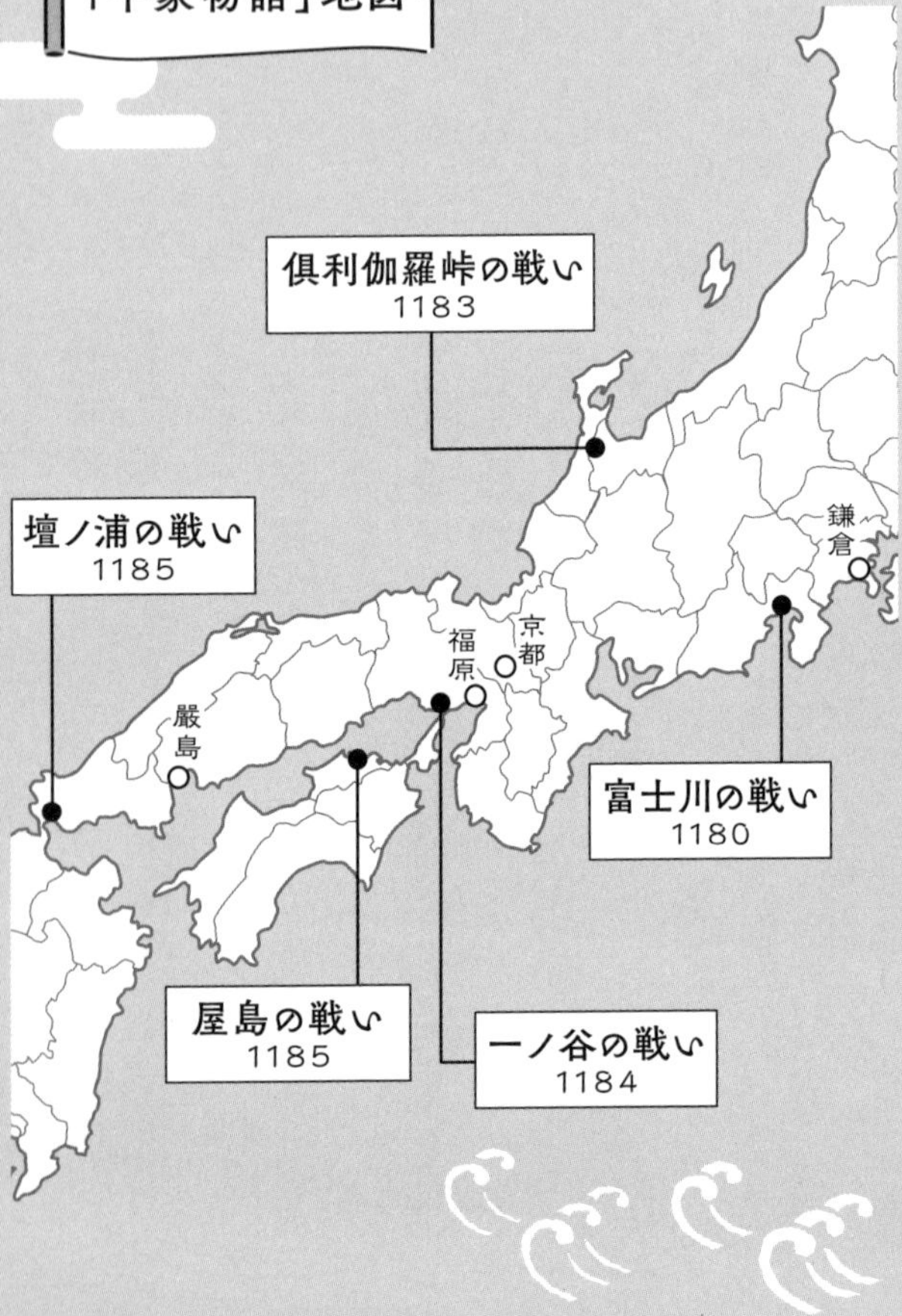

倶利伽羅峠の戦い
1183
壇ノ浦の戦い
1185
鎌倉
京都
福原
嚴島
富士川の戦い
1180
屋島の戦い
1185
一ノ谷の戦い
1184

1章

そもそも「平家」って、どういう人たち？

……「盛者必衰の理」を体現した人たちの秘密

「平氏」のご先祖様は桓武天皇

ところで『平家物語』に登場する平家の面々って、いったいどんな人たちか知っているかな？

そもそも、その呼び方だって、「平家」と言ったり「平氏」と言ったりするけれど、この違いはなんだろう——?? 不思議に思っている人も多いんじゃないかな。

そこでまず、初歩的な知識について整理しておこう。

平清盛《たいらのきよもり》のご先祖様は、平安京を開いた**桓武天皇**《かんむ》（在位七八一～八〇六）の第三（第五とも）皇子**葛原親王**《かずらわらしんのう》。

れっきとした皇族の一人だ。

でも、桓武天皇にはサラブレッドともいえる藤原式家《ふじわらしきけ》（藤原四氏の一つ。不比等《ふひと》の第三子宇合《うまかい》の子孫）出身の皇后が一人、ほかにもそれなりの血筋の夫人や妃《きさき》、さらには女御《にょうご》や女官が大勢いた。そして、その女性たちとの間に、少なくとも三十五人以上の皇子皇女がいたんだ。す、すごいね。

でも、ここまで子供が多いと、さすがに皇族として養い切れない。

そこで、主《おも》だった者を除いて皇族の籍からはずし、姓を与えて家臣に降すという**「臣籍降下《しんせきこうか》」**が行なわれた。

それほど高くない官位だった葛原親王も臣籍降下を上奏《じょうそう》し、孫の高望王《たかもち》に「平《たいら》」の姓を名乗らせることにした。平高望の誕生。これが、平家一門の始まりなんだ。

❀京の街を警護する〝忠実なる番犬〟に！

ちなみに、平氏のライバルの源氏も同じく臣籍降下された口で、平氏が**「桓武平**

氏」と呼ばれたのに対して、清和《せいわ》天皇（在位八五八～八七六）を祖とする源氏は、**「清和源氏」**と呼ばれた。

西国《さいごく》を制して中央政権を牛耳《ぎゅうじ》った平氏と、鎌倉幕府を開いた源氏は、のちに**「東国《とうごく》の源氏、西国の平氏」**と呼ばれるようにもなったんだ。

閑話休題。

もともと由緒正しき血筋だった平氏だけど、次第に没落していき、御所の清涼殿《せいりょうでん》の殿上間《てんじょうのま》に昇殿を許されない「地下人《じげにん》」のまま、何代にもわたって低い地位に甘んじることになる。

天皇家と摂関家《せっかんけ》を守り、京の街を警護する〝**忠実なる番犬**〟の役割を果たしていたんだね。

桓武平氏・清和源氏 系図

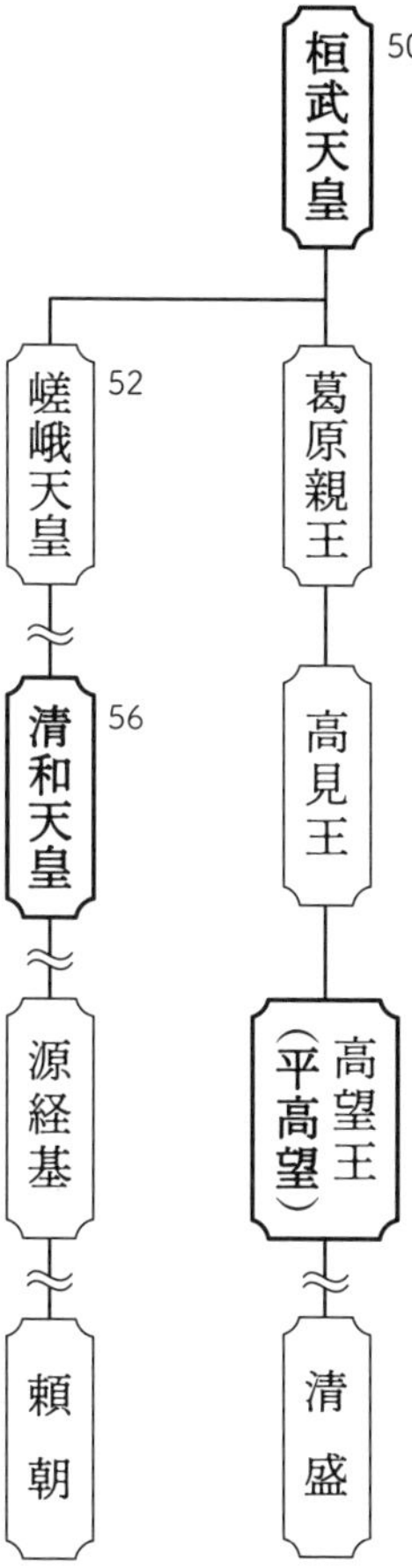

※数字は「皇統系譜」による即位の順番

壇ノ浦に散ったのは平氏の中の「平家一門」だけ

さて、前項で「平氏」と「平家」の違いって何？　と書いたけれど、平氏の中でも、伊勢国《いせのくに》（現在の三重県東部）を地盤とした「伊勢平氏」、特に**清盛の祖父にあたる正盛《まさもり》の系統のことを「平家」と呼ぶ**んだ。

実は、伊勢平氏は平氏の中でも傍流《ぼうりゅう》だったんだけど、「正盛→忠盛《ただもり》→清盛」と、どんどん出世していって主流になっていった。

よく「壇ノ浦《だんのうら》の戦いで平家一門は滅んだ」という言い方をすることがあるけど、その場合の「平家一門」というのは、「正盛から始まる伊勢平氏の系統」のことを意味しているんだ。

平清盛が篤く信仰し、平家の氏神ともなった嚴島神社

つまり、桓武平氏の一部にあたる伊勢平氏のうちの、さらに一部の「正盛系平氏」が滅んだに過ぎないわけだ。

❀ "傍流"が驕り高ぶって滅んだだけ⁉

言ってしまえば、平氏の傍流が一時期成り上がって、いかにも平氏を代表するかのように振舞っていたものの、結局は驕《おご》り高ぶったあげく、滅んでしまった。

だから、彼らのことは「平家」と呼んで区別しよう、という感じかな。

ちなみに鎌倉幕府の重鎮《じゅうちん》である北条家《ほうじょう》

は、元をたどれば清盛の系図とつながる立派な平氏なんだ。源氏の棟梁《とうりょう》たる源頼朝《みなもとのよりとも》の挙兵以来、陰になり日向《ひなた》になって源氏を助けて、最後は鎌倉幕府の実権を握ってしまうんだから、やっぱり平氏はすごい！

ほかにも戦国時代の上杉謙信《うえすぎけんしん》、北条早雲《そううん》、さらには織田信長《おだのぶなが》も平氏に連なる人々だから、平氏の流れは滅びることなく、その後も脈々と続いているんだね。

「平家にあらずんば人にあらず」って誰のセリフ？

さて、**「平家にあらずんば人にあらず」**という言葉を聞いたことがある人は多いよね。これは、平家が栄華を極めた際の、驕り高ぶる様子を表わすセリフとして有名なものだ。

このセリフは清盛が言ったのだろうと思っている人も多いかもしれないけど、それは誤解で、実は清盛の義弟にして側近の**平時忠**《ときただ》が鼻高々に言い放ったものなんだ。

この人、異母妹の滋子《しげこ》が後《ご》白河《しらかわ》天皇の女御になるわ、お姉さんの時子《ときこ》は清盛に嫁ぐわで、その恩恵を受けて権大納言《ごんだいなごん》まで累進《るいしん》して権勢を得てしまったというラッキー男。

虎の威を借る狐とはまさにこのこと。

そんな驕り高ぶった時忠のセリフは、正確には次のようなものだった。

「此《この》一門にあらざらむ人は、皆人非人《にんぴにん》なるべし」

この原文からわかるように、人口《じんこう》に膾炙《かいしや》した「平家にあらずんば人にあらず」というのは意訳されたもので、原文を直訳すると「この平家一門でない人は、みな人間として認められない者であろう」となる。ただ、これだと決めゼリフとして弱い。

ここはやはり、

「平家にあらずんば人にあらず」

これだよね、これ!!

ところが、この言葉を初めて書いた（言った）人はよくわからない。

調べてみると、江戸時代の儒学者頼山陽《らいさんよう》の書いた『日本外史』の中に、「平族にあらざる者は人にあらざるなり」という一節があり、これが元になっているといわれて

いる。それにしても、よくできた決めゼリフだ。

日本の半分を知行国に！ 度肝を抜く栄華

時忠がこのセリフを吐いた時期、清盛は位人臣《くらいじんしん》を極めて太政大臣《だいじょうだいじん》にまで上り詰め、息子たちは重要な官職につき、一門の公卿《くぎょう》は十六人、殿上人《てんじょうびと》は三十余人と、平家一門だけでトップ貴族の約半数を占めていた。（公卿と殿上人については、52－53ページ参照）

当時、日本は六十六の国に分かれていたんだけど、そのうち三十以上が平家の知行国《ちぎょうこく》（支配権を持ち税収入を得られる国）だった。また、清盛の八人の娘たちは、それぞれ摂関家や大臣たちと婚姻関係を結び、中でも**建礼門院徳子《けんれいもんいんとくこ》は高倉天皇《たかくら》に入内《じゅだい》**し、のちに皇子（**安徳天皇《あんとく》**）を生んで「国母《こくも》」となった。これで**清盛は「天皇の外戚《がいせき》」**として大手を振って権勢を振るえる立場に立ったわけで、もはや平家の勢力は天皇や院以上になったとさえいえるんだ。

ここで思い出すのが、清盛より百五十年ほど前の平安時代に、摂関政治で栄華の頂点を極めた貴族である藤原道長《みちなが》のこと。

この世をば わが世とぞ思ふ 望月《もちづき》の 欠けたることも なしと思へば

この歌は、自分の娘三人を太皇太后《たいこうたいごう》（前々天皇の后）・皇太后（前天皇の后）・皇后にして、「一家立三后《いっけりつさんこう》」を成し遂げた道長自らが、「この世はすべて私の思うままだ、満月のように完璧だ!!」と権勢を高らかに誇った歌として有名だ。

清盛の妻時子の弟である時忠としては、義兄である清盛を中心とした平家一門の栄華を、道長のように自慢したかったんだろうね。

❀そのセレブスタイルは「六波羅様」と呼ばれ大流行！

この時期は、吹く風に草木がなびくように、我も我もと貴族の誰もが平家と姻戚関係を結びたがり、また平家一門が行っていたお洒落《しゃれ》な風俗は、一門の邸宅が集まる六《ろく》波《は》羅《ら》にちなんで**「六波羅様《よう》」**と呼ばれ、大流行したんだ。

ちなみに現在の六波羅は、京都駅から車で十分ほどの場所で、鴨川東岸の松原通（平安時代の五条大路）から七条通一帯の地名のこと。そこに伊勢平氏の邸宅群があったことから、平家や清盛のことを「六波羅殿《どの》」と呼んだ。

伊勢平氏の邸宅群は、最盛期には、南北約五百メートル、東西約六百メートルに及び、惣領《そうりょう》の「泉殿《いずみどの》」を中心に「三千二百余宇《う》」が立ち並び、一族郎党が生活していたといわれている。

朝廷の番犬に過ぎなかった武士階級、中でも田舎侍《いなかざむらい》の伊勢平氏が、ここまで出世して栄耀《えいよう》栄華を誇り、驕り高ぶってしまうと、あとは下り坂しか待っていないのは、誰もが予想できるところだ。

「祇園精舎の鐘の声」って、どんな音？

さて、『平家物語』の冒頭部分は、誰もが知る超有名な文章だよね。

祇園精舎《ぎおんしょうじゃ》の鐘の声、諸行無常《しょぎょうむじょう》の響きあり。娑羅双樹《しゃらそうじゅ》の花の色、盛者必衰《じょうしゃひっすい》の理《ことわり》をあらはす。おごれる人も久しからず、唯《ただ》春の夜の夢のごとし。たけき者も遂《つい》には滅びぬ、偏《ひとえ》に風の前の塵《ちり》に同じ。

訳 祇園精舎の鐘の音には、「諸行無常」、つまり、この世のすべては絶えず変化していくものだという響きが含まれている。娑羅双樹の花の色は、どんなに勢い盛んな者も必ず衰えるという道理を示している。世に栄えて得意になっている者がいても、その栄華は長く続かず、ただ春の夜の夢のようなものだ。勢い盛んな者も結局は滅亡してしまう。それはまるで風に吹き飛ばされてしまう塵と同じである。

ここでいう、**「祇園精舎」**とは、お釈迦《しゃか》様がまだ在世中に、弟子たちと一緒に修行をしたインドの僧院の一つの名前。

そこで修行しているお釈迦様の弟子たちは、死が近づくと祇園精舎の中の無常堂という場所に移動し、亡くなるとその無常堂の鐘が鳴らされたんだ。それが**「鐘の声」**というわけ。

ところで、この鐘はどんな大きさ、形で、どんな音色だったと思う？

なんとなく、除夜の鐘のような「ゴーーーン、ゴーーーン」というような大きな梵《ぼん》鐘《しょう》の響きをイメージするんじゃないかな。

ところが調べてみると、意外なことがわかった。

この鐘は八つあり、とても小さく、素材は四つが白銀、四つがガラスで、**鳴らすと凛《りん》とした音がする**ものだったようだ。

無常堂で過ごす僧たちがいよいよ臨終《りんじゅう》を迎えようとする時、建物の四隅に配されていた鐘が鳴らされた。その音は、次のように聞こえたそうなんだ。

諸行無常　諸行は無常なり
是生滅法《ぜしょうめっぽう》　是《こ》れ生滅の法なり
生滅滅已《しょうめつめつい》　生滅滅しおわりぬ
寂滅為楽《じゃくめついらく》　寂滅をもって楽と為す

意味は、「この世のすべての物事はうつろうのが定めだ。これは不変の真理である。生あるものは必ず滅びる世界があり、その世界こそが本当の幸せなのだ」。

死に臨む僧は、今まではほかの誰かが亡くなる際にこの鐘の音を聞いていた。いよいよ自分の番になっても、これから向かう世界は幸せな世界なのだと心安らいで、浄土《じょうど》に旅立っていったんだ。

「祇園精舎の鐘の声」というのは「ゴーーーン、ゴーーーン」ではなく「リーン、リーン……」という静かな心安らぐ音色だったということ。小さな響きでも、「諸行無常」、そして「寂滅為楽」を感じさせる深い音色でもあったんだね。

横たわる釈迦の周囲にあるのが「娑羅」の樹（仏涅槃図）

次に出てくる**「娑羅」**とは、インド原産の樫《かし》に似た常緑樹のことで、**「双樹」**とは、二本の樹のこと。双樹が四方に生えていた場所でお釈迦様が亡くなった時に、釈迦の死を悲しむあまり、東西南北の双樹が合体して、それぞれ一樹となり、さらに樹の色が白くなってしまったという言い伝えに基づいている。

どれほど偉大な人でも、「死」という運命からは逃れられないということ、そしてその死は、とても悲しいということを意味しているんだ。

こうして、『平家物語』は「諸行無常」「盛者必衰」の世界へと、読む者、聞く者を見事にいざなっておいてから、

「おごれる人」「たけき者」だった平家の話へと突入していく。

これは冒頭にしてすでに結論がわかる仕掛け、つまり、「おごれる」清盛の栄華は儚《はかな》くついえてしまい、「たけき」平家一門が滅びてしまう運命だということを予言しているんだ。

琵琶法師が「平曲」で冒頭部分を語る際、**多くの聴衆の心を鷲掴《わしづか》みにする見事な導入**だね。

2章

こうして平家は「御所の番犬」からのし上がった！

……政治的センスと胆力が抜群だった忠盛＆清盛

2章 登場人物略系図

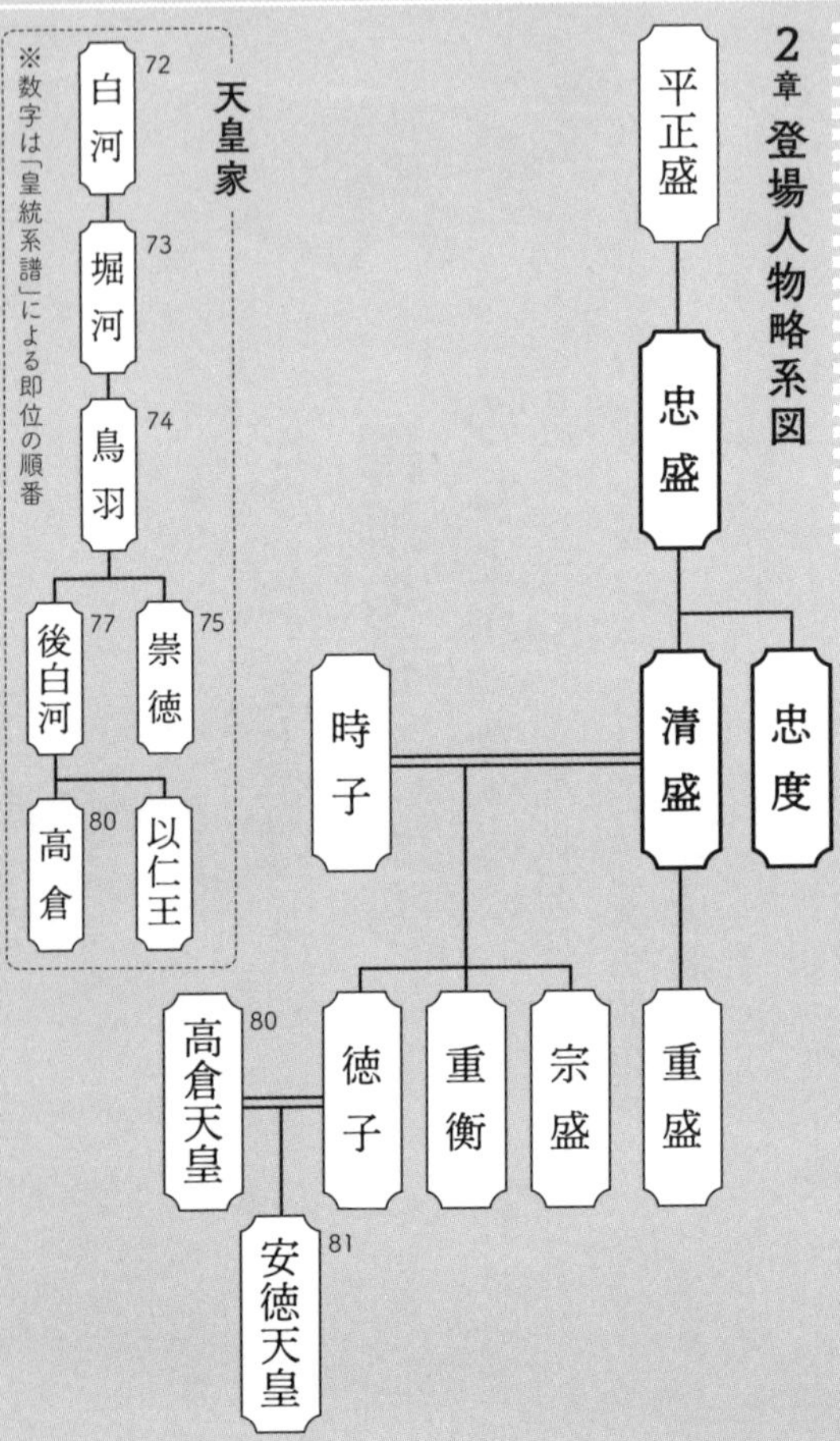
平正盛
忠盛
清盛
忠度
時子
重盛
宗盛
重衡
徳子
高倉天皇
80
安徳天皇
81
天皇家
※数字は「皇統系譜」による即位の順番
白河
72
堀河
73
鳥羽
74
崇徳
75
後白河
77
以仁王
高倉
80

マルチな才能で殿上人になった「平家中興の祖」

平《たいら》 忠盛《のただもり》（一〇九六～一一五三）

『平家物語』の主人公である平清盛《きよもり》の先祖は、桓武《かんむ》天皇の第三（第五とも）皇子葛原親王《かずらわらしんのう》。その後、「臣籍降下」によって「平」の姓を名乗ることになったので、「桓武平氏」と呼ばれることもある、というのは前述したよね（24ページ参照）。

平氏は源氏と並んで、天皇家と摂関家を守り京の街を警護する、忠実なる「番犬」に過ぎない時代を長く過ごしてきた。

そんな中、清盛の祖父正盛《まさもり》が自力で地位をどんどん上昇させ、さらにその息子の**忠盛**（つまり、清盛の父）もその流れに乗った。

忠盛がまだ十八歳の若武者だった頃、当時悪名の高かった盗賊の夏焼大夫《なつやぎだゆう》を捕縛して見事にデビュー戦を飾ったんだ（ちなみに夏焼大夫は「伊賀《いが》流忍者」の祖といわれている）。

同じ年、当時絶大なる権力者だった白河院《しらかわいん》が、私の力をもってしてもどうにもならない三つのものがある、と嘆いた**「天下三不如意《てんかさんふにょい》」の一つ、「山法師《やまほうし》」を撃退した**んだ。その白河院の嘆きとは、次のようなものだ。

賀茂河《かもがわ》の水、双六《すごろく》の賽《さい》、山法師、是《これ》ぞわが心にかなはぬもの。

「賀茂河の水」とは、京都を南北に流れる賀茂川（高野川と合流して以南は「鴨川」と書く）がもたらす水害のことで、当時の賀茂川は、氾濫《はんらん》を繰り返す暴れ川だったんだ。

次の「双六の賽」とは、双六の二つのサイコロが出す「賽の目」のこと。当時の双六は、賭事に使われて身を持ち崩す人も多かったため、何度も禁令が出されたくらい大流行したギャンブルで、白河院もハマっていたようだ。たしかに、賽の目ばかりは

比叡山延暦寺の僧兵は、天下の白河院をも悩ませた

権威や権力をもってしても思い通りにはならないよねー。

最後の**「山法師」**とは、日吉神社《ひえ》（現在の日吉《ひよし》大社〈滋賀県大津市〉）の神輿《しんよ》を担いで御所に押しかけ、「神威」を振りかざして身勝手な要求、「強訴《ごうそ》」を繰り返した**比叡山延暦寺《ひえいざんえんりやくじ》**の僧兵のこと。「南都北嶺《なんとほくれい》」と並び称された奈良の興福寺《こうふくじ》（南都）と比叡山延暦寺（北嶺）は、強訴の二大勢力だった。

この山法師の行った強訴に対して、忠盛は僧兵たちと戦い、彼らの入洛《じゆらく》を阻止することに成功したんだから、白河院が忠盛に信頼を寄せるようになったのも当然だ。

❀蓄財&寄進で出世街道をばく進!

忠盛は、ただ武力に長《た》けていただけではなかった。まず、諸国の受領《ずりょう》(国司)を歴任している間にコツコツと蓄財した。

平安時代、「受領は倒るる所に土を摑め」と揶揄《やゆ》されたくらい、受領は転んでもただでは起きない貪欲な役人だとされていたから、忠盛が儲かったのは間違いなし!

また、この頃に民間で活発に行われていた**「日宋《にっそう》貿易」**にも目をつけ、巨大な利益を得たんだ。武士にして商才ありとは恐れ入るね。

そして、その日宋貿易の海上交通ルートの安全確保のために、山陽道・南海道・西《さい》海道《かいどう》と次々に海賊を退治して、**西国に平氏勢力の基礎を築いたんだ**。そうして得たお金を造寺造仏事業に注《つ》ぎ込んで白河院と鳥羽《とば》院に献上し、その見返りとしてどんどん地位を上げていった。やるな、忠盛!!

忠盛が造営して鳥羽院に献上した最高のプレゼントは、三十三間《さんじゅうさんげん》の御堂《みどう》を持つ得長《とくちょう》寿院《じゅいん》だった。中に千一体の仏像を据えて献上したのだから鳥羽院は大喜び。そのご褒《ほう》美《び》として**忠盛を「殿上人」に昇進**させた。

「殿上人」というのは、内裏《だいり》（御所）の中にある天皇の日常生活の場、「清涼殿の殿上間」に昇ることを許された者のことを指す。**昇殿を許されない「地下《じげ》」**に甘んじてきた平氏にとって、帝《みかど》に直接会える「殿上人」になることは、何代にもわたる悲願だった。

武士が昇殿を許されるのは当時としては破格の待遇で、当時の公卿、中御門宗忠《なかみかどむねただ》という人の日記に「この人の昇殿猶未曽有《なおみぞう》の事なり」と評されているくらいなんだ。

忠盛は歌もうまく、個人の家集《かしゅう》『平忠盛集』があり、勅撰《ちょくせん》和歌集にも十首以上が入《にっ》集《しゅう》している。その中で、昇殿が許されたことを喜んで詠んだ歌がある。

嬉しとも　なかなかなれば　いは清水　神ぞしるらん　思ふ心は

訳 嬉しいなどと口に出して申すのもかえって中途半端なので、申し上げますまい。石清水《いわしみず》（八幡宮《はちまんぐう》）の神は言葉に出して言わずとも、私の心の内をわかっていてくださるだろう。

❀文武両道、商才もあったスーパースター

ところが、昇殿を許された忠盛を嫉妬《しっと》した公卿たちが卑怯《ひきょう》にも闇討《やみう》ちを計画した。しかし、そんなことに負ける忠盛ではない!! 機転を利かせて見事にこの**「殿上闇討ち事件」**を乗り切り、鳥羽院のさらなる信頼を得た。

ほかにも、鳥羽院の前で舞を披露した際、忠盛が斜視だったことを公卿たちに意地悪く囃《はや》し立てられたこともあったけれど、この時も見事な舞踏を演じて周りを黙らせ、無事に乗り切ったんだ。

まさに**文武両道、さらには商才まであったスーパースター忠盛**だった。

でも、そんな忠盛も病には勝てなかった。

志半ばの五十八歳で亡くなってしまうんだ。最後の官職は刑部卿《ぎょうぶきょう》。刑部卿といえば今でいうところの警察庁長官であり、もう少し長生きをしていれば、武士として初めて公卿（特に位の高い貴族）に列せられたはず。……かえすがえすも残念無念。

とにかく、**平家繁栄の礎《いしずえ》を築いたのは、間違いなく忠盛**だったといえる。

忠盛の死の三年後に**保元の乱**《ほうげん》が勃発した。そしてその戦いで、忠盛から家督《かとく》を引き継いだ清盛が活躍し、平家は栄華の極みへと向かうことになる。

ちなみに、得長寿院は源平争乱後の元暦《げんりゃく》二年（一一八五）七月に大地震で倒壊し、失われてしまった。

この得長寿院をモデルにして造営されたのが、京都の東山七条に現存する有名な**三十三間堂（蓮華王院《れんげおういん》本堂）**で、これは後白河《ごしらかわ》院が清盛に命じて造らせ、長寛《ちょうかん》二年（一一六四）に完成したものだ。

ところで、後白河院は長年頭痛に悩まされていたんだけど、熊野《くまの》権現《ごんげん》のお告げに従って頭痛の原因となっていた髑髏《どくろ》を川底から拾い出し、三十三間堂の千手観音《せんじゅかんのん》像の中に収めたところ、頭痛が治ったという。

この髑髏、実は後白河院の前世である「蓮華坊」という僧侶のものだった。亡くなったあと川底に打ち捨てられてしまい、その目の穴から柳が生え、地上で風が吹いてなびくたびに髑髏が揺れ、それが後白河院の頭痛の原因になっていたというんだから、不思議なこともあったもんだね。

三十三間堂のことを「蓮華王院」とも呼ぶのは、この伝承から。「頭痛封じのお寺」としても有名なので、頭痛持ちの人は千手観音を参拝されてはいかがかな。

メモ

殿上闇討ち事件…節会《せちえ》の宴《うたげ》に呼ばれて参内《さんだい》予定の忠盛は、古参の公家《くげ》たちが忠盛の出世を妬《ねた》んで闇討ちの準備をしているという情報を摑む。まあ、新参者《しんざんもの》に対するイジメは、貴族の一種の伝統芸だ。忠盛にとっては想定内のこと。

そこで忠盛は、わざと見えるように腰に刀を吊《つ》るして宮中に参上、さらに家臣を庭に待機させて公家たちを牽制《けんせい》し、闇討ちの計画を未然に阻止した。

してやられた公家たちは、宮中での宴に帯刀《たいとう》して参内するという禁を犯した忠盛を罷免《ひめん》するよう鳥羽院に訴えた。

しかし、**忠盛のほうが一枚上手《うわて》**だった。実は腰に帯びていたのは木刀で、刀身に銀箔《ぎんぱく》を貼っただけのもの。また、庭で控えていた家臣の行動についても、「主君の身を案じる武家の慣《なら》わしである」と堂々と述べ、鳥羽院に認められた。鳥羽院は忠盛の用意周到さに感心し、ますます信頼を厚くしていったんだ。

ちなみに庭で控えていたのは平家貞《いえさだ》という名の屈強な武将。『愚管抄《ぐかんしょう》』において「一ノ《いちの》郎等《ろうどう》」（一番の家来）と褒《ほ》め称えられている。

家貞は、忠盛の死後は清盛に仕え、保元・平治《へいじ》の乱で活躍し、『平家物語』には「一ノ谷の戦い」で戦没したと記されている。

保元の乱・平治の乱…保元元年（一一五六）、皇室では崇徳《すとく》上皇と後白河天皇が対立し、摂関家でも藤原頼長《ふじわらのよりなが》と忠通《ただみち》の対立が激化した。その結果、崇徳・頼長側に加勢した源《みなもとの》為義《ためよし》・平忠正《ただまさ》らと、後白河・忠通側に加勢した平清盛・源義朝《よしとも》（頼《より》朝《とも》・義経《よしつね》の父）らが主力として戦ったのが「保元の乱」。

崇徳側は敗れ、上皇は讃岐国《さぬきのくに》（現在の香川県坂出市《さかいでし》）に配流《はいる》。頼長は戦死、為義も斬首《ざんしゅ》された。武士の政界進出の契機《けいき》となった内乱。

平治元年（一一五九）には、先の保元の乱で後白河方として戦った平清盛と源義朝の権力争いである「平治の乱」が起こり、義朝は清盛に敗れ、尾張国《おわりのくに》（現在の愛知県）で殺された。

ゴーマン街道の行き着く先は「無間地獄」!?

平《たいら》 清盛《のきよもり》（一一一八〜一一八一）

さあ、いよいよ『平家物語』の主人公、平清盛のお話だ。

伊勢平氏の「中興の祖」といえる父の忠盛が亡くなったあと、**清盛**は三十六歳で家督を継ぎ、「保元・平治の乱」で勲功《くんこう》を立て、後白河院の信頼を得た。

そして清盛が四十三歳の時、父の最終官位を超えて、**武士として初めて正三位《しょうさんみ》に昇進し「公卿」**となった。

さすが清盛、これはすごい！

四位《しい》までは「殿上人」と呼ばれるのに対し、三位以上（四位の参議《さんぎ》を含む）は「公卿」と呼ばれて区別されており、人数でいえば、殿上人は百人程度いるのに対して、

公卿はせいぜい三十人。つまり、「選ばれし最高の貴族」というわけ。

清盛は、さらに位人臣を極めて内大臣、そして太政大臣へと上り詰めた。これは異常なまでの昇進だけど、その理由に『平家物語』では、白河院の落とし胤《だね》、いわゆる**「落胤《らくいん》説」**を挙げているんだ。

それを裏付けるかのように、「清盛」という名前は、父の忠盛が白河院からいただいた次の和歌にちなんでいるという。

夜《よ》泣《なき》すと　ただもりたてよ　末の代に　きよくさかふる　こともこそあれ

訳　夜泣きをしても、忠盛よ、ただお守りをして養育してくれ。のちになって清く盛《さか》えることもきっとあるぞ。

型破りな伝説を数々残す清盛。沈む夕日を扇いで戻したという話も

さて、太政大臣にまで上り詰めた清盛だけど、五十一歳の時に大病をわずらい、病気平癒《へいゆ》の功徳を得るため出家して浄海《じょうかい》と名乗った（これ以降、清盛は太政大臣の経験者で出家した人を指す「入道相国《しょうこく》」とも呼ばれた）。

そのおかげか全快した清盛は、再び精力的に活動し、平家全盛時代を築き上げていく。公卿・殿上人の約半数を占め、日本の知行国の半分を手中に収めた！

この頃、清盛の義弟にあたる平時忠《ときただ》が、あの有名な「平家にあらずんば人にあらず」という言葉を吐いたんだ。

❁密偵団を京の街に放ち、天皇の外戚として暴走開始！

頂点を極めた清盛の横暴が、この頃から始まった。

まず、十四～十六歳の童子《どうじ》を三百人そろえ、おかっぱ頭に赤い直垂《ひたたれ》の恰好をさせて京中に放ち、平家に対する批判や、謀議《ぼうぎ》の情報などを密告させた。この密偵役の童子たちは「禿《かむろ》」と呼ばれて人々から恐れられた。想像するに、見た目だけでも怖い。

さらに、**娘の徳子《とくこ》を高倉《たかくら》天皇に入内**させた。清盛は武士上がりだけど、かつて藤原道長《みちなが》がやったみたいに、天皇の外戚として権勢を振るう腹づもりだったんだ。

でも、清盛の栄華も次第に影を帯びてくる。

『平家物語』は、嘉応《かおう》二年（一一七〇）の**「殿下乗合事件《てんがののりあい》」**（84ページ参照）の描写の中で、これが平家の悪行《あくぎょう》の始まりであったと書いている。この事件、実は裏があって清盛は冤罪《えんざい》なんだけど、『平家物語』では、清盛はとにかくヒール役を演じさせられている。

また安元《あんげん》三年（一一七七）六月には、打倒平家の**「鹿ヶ谷《ししが》の陰謀」**が起こる。この企《くわだ》ては密告によってバレて、対立していた後白河院の近臣《きんしん》たちは一掃《いっそう》されたんだけど、反平家の不穏な動きは水面下で進行していく。

そこに嫡男《ちゃくなん》の重盛《しげもり》の死が加わった。たびたび清盛の横暴ぶりを諫《いさ》めてきた重盛だったけど、治承《じしょう》三年（一一七九）八月一日、四十三歳の若さで亡くなってしまう。

こうなると、もう誰も清盛の暴走を止められないのだった……。

❁「後白河院を幽閉」「福原遷都」とやりたい放題！

重盛の死の三カ月後、清盛は、関白《かんぱく》をはじめ太政大臣以下の三十九人にも及ぶ公卿・殿上人、後白河院近臣などを解任して、代わりに親平家の人たちを任命した。

さらに「鹿ヶ谷の陰謀」の黒幕ともいえる**後白河院を幽閉し、院政を完全に停止させた**（「治承三年の政変」）。事実上のクーデターだ。

実は、このクーデターの情報を事前に得た後白河院は、清盛の動きを止めようと使者を遣《つか》わしたんだ。でも、清盛がその使者に向かって言い放った言葉は、怒りと悲しみに満ちたものだった。

一つ。院は功績ある我が息子重盛の死に対して悲しむどころか、管弦などを行って遊んでいる（許せん）。

一つ。重盛の死後、彼の知行国を没収した（許せん、許せん）。

一つ。相談もなく勝手に新しい中納言《ちゅうなごん》を決めた（許せん、許せん、許せん）。

一つ。そもそもあなたは「鹿ヶ谷の陰謀」に加わっていたじゃないか（許せん×∞）。以上!!

一気にまくし立てた清盛は、怒りに任せてクーデターを決行した。そして、高倉天皇に命じて、まだ三歳だった安徳《あんとく》天皇に譲位させ、ここに清盛の傀儡《かいらい》政権が誕生した。

さらに治承四年（一一八〇）六月二日、清盛は**福原《ふくはら》（現在の兵庫県神戸市）遷都《せんと》**を行った。

福原には清盛や平家一門の別荘があり、地形が険しいのでたしかに敵から攻められにくいところだけど、突然の遷都決定に貴族たちは住み慣れた京を離れることを嘆き、多くの寺社は猛反対。

桓武天皇が平安京を都にして以来、遷都は四百年近く行われていなかったのに、桓武天皇の末裔《まつえい》、しかも臣下に過ぎない清盛が福原に遷都するなど、もってのほか、畏《おそ》れ多い所業だ。それでも、清盛は強行したんだ。

荒廃していく旧都。離れていく人心……。

❀〝無数の髑髏の目〟を睨み返して退散させる！

遷都した福原では、さまざまな怪異現象が起きた。

巨大な顔が出てきて部屋を覗《のぞ》く。こわっ！

大木が倒れる音がしたかと思うと、どっという大勢の笑い声が聞こえる。ひぇ～。

たくさんの髑髏が大きな山となり、無数の目が清盛を睨《にら》んだこともあった。ちなみにこの時、清盛はまったく動ぜず、**髑髏との「にらめっこ」に勝利**（笑）。

陰陽師《おんみょうじ》たちが「行いを慎《つつし》まなければ、凶事《きょうじ》が起きますぞ」と諫めたにもかかわらず、清盛は一笑に付して気にしなかった。さすが清盛。

思えば清盛は、若い頃は熊野権現のご利益《りやく》を得たり、嚴島《いつくしま》の神仏から繁栄のお墨付きをいただいたりするなど、篤《あつ》い信仰心を持っていた。それなのに、成り上がったのちは、不吉な怪奇現象や占いの結果も意に介さない傲慢《ごうまん》な男になっていたんだ。

これではもう、神仏から見放されてしまうのは当然のことか……。

この時期、ある侍が見た夢の中に八幡大菩薩《だいぼさつ》が出てきて、「伊豆《いず》（現在の静岡県）

髑髏との「にらめっこ」に勝利した清盛だが……
（歌川広重、メトロポリタン美術館）

の流人《るにん》、源頼朝に次の政権を与えよう」と予言したという。この夢のお告げは、現実のものとなる……。

❁反平家の狼煙！「以仁王の令旨」

最初に上がった反平家の狼煙《のろし》は、後白河院の皇子**以仁王《もちひとおう》の令旨《りょうじ》**（皇太子や皇后、親王が出す文書）だった。

以仁王は俊才の誉《ほま》れ高く、皇位継承において有力候補者だったんだけど、平家の妨害にあい不遇をかこっていた。同じ後白河院を父としながら、義弟は高倉天皇となり、さらにその子の安徳天皇に譲位されるに及んで、以仁王の不満は頂点に達した。

「平家さえいなければ、自分が天皇になれたはず。いつか思い知らせてやる!!」

常々そう思っていたところに現われたのが、同じく平家に恨《うら》みを持つ**源頼政**《よりまさ》。

「以仁王様こそ、皇太子にもなり、即位すべき正統なお方です。重盛が亡くなった今こそ平家を倒す好機ですぞ」

頼政の唆《そそのか》しに乗って、以仁王は平家討伐の令旨を全国に発した。でも計画はすぐに露見し、自ら挙兵したものの十分な準備ができないまま戦ったので、頼政は自刃《じじん》し、以仁王はあっけなく討ち取られた。以仁王は皇族籍を剝奪《はくだつ》されて源姓を与えられ、「源以光《もちてる》」と名を改める屈辱を味わわされたうえ、土佐《とさ》（現在の高知県）に配流が決まったが、のちに討たれてしまったんだ。

それでも、以仁王の令旨は、「平治の乱」で平氏に敗れ、全国に雌伏《しふく》して時がくるのを待っていた源氏たちを奮《ふる》い立たせた。

❈「四面楚歌」状態の清盛

まず、伊豆に流されていた**源頼朝（義朝の子）が挙兵**した。

これに対して清盛は、イケメン（だけど弱っちい）孫の**維盛**《これもり》を大将軍として大軍を派遣するも、治承四年（一一八〇）の**「富士川の戦い」**では、戦いもせず撤退する（水鳥の羽音を敵襲と勘違いした！）という体《てい》たらくで負けてしまうんだ。平家、いきなりピンチ。

その後、危機感を強めた清盛は、福原から京へと再び遷都を行った。福原はわずか半年間だけの都、付き従った貴族たちはトホホの大迷惑。なんのこっちゃ。

そして畿内を固めるため、少し頼りになる五男の**重衡**《しげひら》に命じて反平家勢力の興福寺や東大寺などの南都諸寺を攻め、焼き払わせた。

この時、多くの僧兵だけでなく一般の民衆も巻き込んで殺し、**大仏を焼失**させるなど、仏をも畏《おそ》れぬ所業に及んだため、清盛と重衡は「仏敵」として憎まれることに。

この段階で、清盛および平家一門は、朝廷・公家、そして源氏、さらに寺社、なにより多くの民衆を敵に回し、いわゆる「四面楚歌《しめんそか》」の状態に陥ってしまったんだ。

「平家のゆく末も窮《きわ》まった」と都の人々は噂したという。

❀天罰!? 灼熱地獄にいるかのような熱病に！

すでに諸国で源氏が反乱を起こしていた。その鎮圧を誰に任せるべきか、清盛は悩みに悩んだ。清盛が信頼していた嫡男の重盛はすでに病死し、次男の基盛《もともり》も早世していたため、仕方なく三男の**宗盛**《むねもり》に棟梁の座を継がせることにした。結論から言うとこの決断は間違っていたんだけど、すべては後の祭りだ。

その宗盛が、源氏追討のため東国へ出発しようとした矢先の治承五年（一一八一）二月二十七日、清盛が病に倒れた！

重態に陥った清盛は、水も喉《のど》を通らず、「あつい、あつい」と言うばかり。火を焚《た》いたように体が熱くなり、比叡山の冷たい水を満たした水風呂に入っても、すぐに水が沸き上がってお湯になる。

水をかけようにも蒸発してしまってかからない。たまたまかかった水も炎となって燃え、黒煙が渦を巻いて立ち上る始末……もはや漫画の世界だ。

まさに、灼熱《しゃくねつ》地獄の中にいるかのごとき様子。

「奈良の大仏様を焼き落とした天罰が下ったのだ」

みんながそう思ったのも、無理はない。

❀遺言は「頼朝が首をはねて、わが墓のまへに懸くべし」

そんな時、妻の時子《ときこ》が夢を見る。**清盛の「無間《むげん》地獄行き」が決まったとして、閻魔《えんま》庁《ちょう》から獄卒《ごくそつ》(地獄にいる鬼)が迎えにやってきた。**

時子は、夫の死を覚悟した。

そこで、意識があるうちにと、清盛に遺言を求めたところ、清盛は苦しい息の下でこう言ったのだった。

「私は保元・平治の乱このかた、たびたび朝敵《ちょうてき》を平《たい》らげ、身に余る論功行賞《ろんこうこうしょう》に浴し、太政大臣にまで至り、栄華は子孫に及ぶ。この世で思い残すことは何一つない。ただ残念なことは、伊豆の流人頼朝の首を見なかったことだ。私の死後は、堂塔を建てることも、供養する必要もない。すぐに討手を遣わし、頼朝の首をはねて、私の墓前にかけよ。それが私への何よりの供養だ」

清盛らしい遺言だね。

普通なら極楽往生《おうじょう》を願って、念仏でも称《とな》えながら死を迎えるところなのに、

「頼朝が首《こうべ》をはねて、わが墓のまへに懸《か》くべし」

というのが自分への供養だというんだから。

『平家物語』では、この清盛の遺言を「罪深い」とバッサリ切り捨てている。

治承五年（一一八一）閏《うるう》二月四日、清盛は悶《もだ》え苦しんだ果てに亡くなった。享年六十四。「悶絶躃地《もんぜつびやくじ》して、遂にあつち死にぞし給《たま》ひける」と書かれているところから、清盛の病名はのちに**「あっち死に」**と名付けられた（死因はマラリアではないかという説もあるけど、正確には不明）。

あれほど日本中に名を轟《とどろ》かせ、勢威《せいい》を振るった清盛も、死んでしまえばその肉体は火葬され、一条の煙となって都の空に立ち上るばかり。

ああ無常……。

『平家物語』は、清盛の最期《さいご》を、**「因果応報の果て、情けない死に方をした男」**として描いているけど、ボク（耳なし芳一）はそこまで清盛を憎めないんだよねぇ。

清盛の死後、棟梁となった宗盛の力では、全国各地で相次ぐ反乱に対処できず、後白河院も復活して勢力を盛り返すなど、平家は追い詰められていくばかり。

連戦連敗で、ついに平家は都落ちした。

そして元暦二年（一一八五）、「壇ノ浦《だんのうら》の戦い」に敗れ、平家は滅亡。

それは清盛が亡くなってから、わずか四年後のことだったんだ。

メモ

清盛がヒールって本当!?……清盛は『平家物語』の中で、悪役を演じさせられている。

でも史実を正確に追っていくと、清盛は卓越した政治手腕を持ち、国際感覚に優《すぐ》れ、美的センスも兼ね備えた人間味あふれる人物であることがわかってくるんだ。

そこで、ここでは『平家物語』の中でヒール役にされた**清盛の名誉を回復**していこうと思う。

「海の平家、陸《おか》の源氏」という言葉があるように、平家は海の民だ。清盛の父忠盛が瀬戸内海の海賊退治をしたり、日宋貿易に目を付けて莫大《ばくだい》な利益を上げたりしたこともあって、清盛は若い頃から「海」とは縁があった。

そこで清盛の代になった時、まず着手したのが瀬戸内海の航行権の掌握だった。清盛が安芸守《あきのかみ》（広島県知事のようなもの）だった時、**厳島神社を尊崇《そんすう》**して社殿を修復し、航海の安全を祈願することで、瀬戸内海沿岸の豪族や海賊たちの信頼を得た。武力で制圧するだけでなく、神の力を味方にすることは、当時とても大切なことだったんだ。

次に**大輪田泊《おおわだのとまり》（現在の神戸港）を整備**し、日宋貿易の拠点とした。その近くにある福原の地に別荘を構えたのは、三方が山に囲まれていて、敵からの攻撃に備えやすいというメリットがあったから。一瞬、福原に遷都したのもこうした理由からだったんだ。

清盛は朝鮮や中国（宋）との貿易を通じて利益を得て、外に開かれた日本を作ろうとしていたに違いない。この時代にあっては、**優れた国際感覚の持ち主**だったといえる。鎌倉に居を構え、農耕村落社会を背景に持つ武士団の棟梁として幕府を開

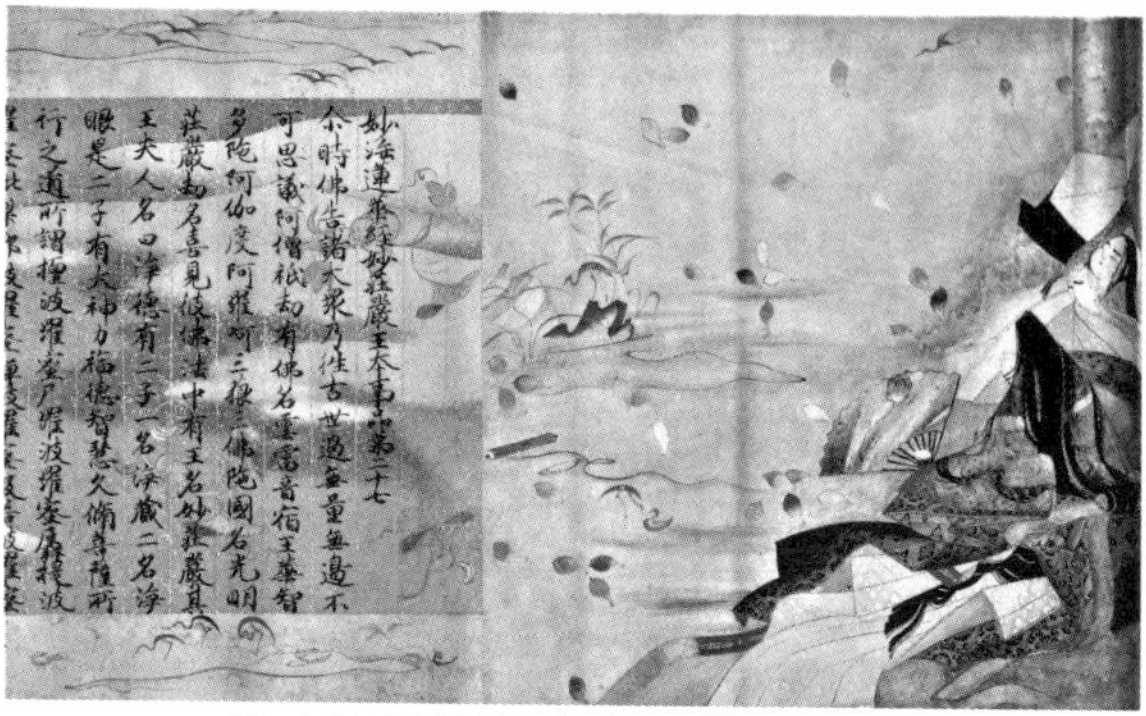

美しい装飾が施された『平家納経』（模本）

いた頼朝には、そうした視点がなかったので、まさに対照的だ。

平家と源氏の大きな違いとして、もう一つ挙げておきたいのは、**「貴族の平家」vs「武士の源氏」**という対比だ。

一門が公卿や殿上人の約半分を占めた平家は、平安貴族の教養と伝統を受け継いでいる。もともと「桓武平氏」なんだから当然といえば当然なんだろうけど、和歌をたしなみ、笛や琴をよくする貴公子たちがたくさんいた。

また、日宋貿易で輸入された舶来品の数々や、今や世界遺産にもなっている厳島神社の荘厳《そうごん》かつ華麗な姿を見ると、清盛の抜群の美的センスを感じる（清盛が厳島神社に奉納した『平家納経《のうきょう》』は、息を呑むほど美しい意匠を凝らした装飾経だよ）。「六波羅様」というファッションを流行らせたのも、むべなるかな。とにかく**平家はお洒落**だ。

一方の東国武士の源氏は、質実剛健でそうした貴族文化からは遠い存在だ。義仲《よしなか》が入京した際に粗野で野蛮だったというお話（153ページ参照）は、『平家物語』の中でからかいの種になっているくらいだからね。

だから、戦い方も違っていて、**「勝てばいい」という勝利至上主義なのが源氏。**

特に義経は、卑怯ともいえる奇襲戦法を得意としていて、連戦連勝とはいうものの、正面から堂々と戦って勝ったことは一度もないくらいだ。

頼朝に至っては、義仲や範頼《のりより》、義経など従兄弟《いとこ》や兄弟を次々に殺して権力の座を確固たるものにしていくんだから、冷酷非情、もはや残忍の域。

それに対して、清盛はあまりに甘々だ。

平治の乱で勝利したあと、敵方の将の源義朝の遺児である頼朝や、常盤御前《ときわごぜん》の三人の息子、今若《いまわか》・乙若《おとわか》・牛若《うしわか》（のちの義経）の命も奪っていない。

結局この甘さが禍根《かこん》を残すことになり、平家の滅亡につながったのだから、清盛の判断は完全に裏目に出てしまったことになる。でも、その甘さは同時に**清盛の人間らしさ**であり、都人《みやこびと》としての優しさ、情の深さを表わしているともいえる。

そろって都落ちし、壇ノ浦で次々に入水していく平家一門。生死を共にするほどの結束の固さとその美学ゆえ、栄え、驕り、そして滅んでしまったといえるんじゃないかな。

まさに「栄枯盛衰」を地でいく平家。そこには人間らしいドラマがたくさんあって、読む者、聞く者を感動させるんだね。

「平家の武人」より「ひとりの歌人」として名を残したい！

平《たいらの》 忠度《ただのり》（一一四四〜一一八四）

この章の最後は、清盛の弟**忠度**のエピソードを紹介しよう。

忠度は、清盛よりも二十六歳も若い末の弟（六男）。父の忠盛が最も愛した女房との間の子といわれ、こんなエピソードが残されている。

ある時忠盛が、その愛する女房の部屋から帰る際に、月が描かれた扇《おうぎ》を忘れたことがあった。

その扇を見つけた周りの女房仲間たちは、「これはどこから出たお月様かしら？」などと冷やかした。

それに対して、忠盛のその女房が、

雲井より　ただもりきたる　月なれば　おぼろけにては　いはじとぞ思ふ

という歌を詠んだんだ。

表の意味としては、「雲間《くもま》からただ漏れてきた月だから、めったなことではその出所を言いませんわよ」という意だけど、本当の意味はもちろん違う。

「雲井」は「雲のあるところ」と「皇居」との掛詞《かけことば》、「ただもりきたる」は「忠盛来《きた》る」と「ただ漏りきたる」との掛詞。

つまり、**「この扇の出所は、皇居から来た忠盛様ですわよ」**と堂々と宣言して、ほかの女房たちの冷やかしに見事に応戦したというわけ。

この話を聞いて、忠盛は彼女のことをいっそう深く愛するようになったんだって。忠盛も風雅を好む人だったので、二人は似た者同士だったということだね。

そして、この母親の芸術的才能を、息子の忠度は見事に受け継いだんだ。

✻「都落ち」の前に向かった先は師匠、藤原俊成宅

忠度は都落ちする際、一つだけ心残りなことがあった。

そのため、一度は都落ちの隊列に加わって西に下ったものの、あるところで数騎の部下を従えて都に引き返してしまう。

向かった先は、忠度の歌の師匠である**藤原俊成《しゅんぜい》**宅。

ところが、五条にある俊成宅に到着してみると、門は固く閉ざされていた。

「薩摩守《さつまのかみ》平忠度でござる、俊成殿にお目にかかりたい」

この呼びかけに対して、屋敷内は騒然《そうぜん》となった。都落ちする平家の武将を門内に入れたくない、関わるのはごめんだ……誰もがそう思っていたその時、毅然《きぜん》として俊成が言った。

「門を開けて、お入れなさい」

……。対面した二人は感無量で言葉が出ない。

しばらくの沈黙ののち、忠度は鎧《よろい》の中から百余首の自作の和歌を書き溜めた巻物一巻を取り出し、この中から一首なりとも勅撰和歌集に撰《えら》び取ってほしいと俊成に託した。

死を覚悟した忠度の嘆願に、俊成は泣きながら約束したのだった。

「平家の武人」としてではなく、「ひとりの歌人」として、己《おのれ》の命を永遠としたい——忠度の気持ちが俊成には痛いほどわかったからだ。

それほど当時の貴人にとって、勅撰和歌集に自分の歌が撰ばれるというのは名誉なことだったんだね。

そして忠度の死後、四年ほど経って作られた『**千載和歌集**《せんざい》』において、俊成は約束を果たす。

そこには「故郷の花」という題で詠まれた歌一首が入れられた。ただし、朝敵である忠度を本名のまま載せるわけにはいかず、**「詠み人知らず」**として……。

さざなみや 志賀《しが》の都は あれにしを むかしながらの 山ざくらかな

訳 志賀の旧都（近江《おうみ》〈現在の滋賀県〉の大津宮）は荒れてしまったが、長等《ながら》山《やま》の山桜は昔のままだなぁ。

❁能『忠度』にも描かれた歌への尽きせぬ想い

なお、能の演目『忠度』では、忠度の霊が、『千載和歌集』で「詠み人知らず」となっている自分の歌に「作者名を入れてくれ～」と、俊成の子である定家《ていか》に訴える姿が描かれているんだ。亡霊になってまで自分の名にこだわるとは、まさに執念。

そのかいあってか、定家は『新勅撰和歌集』において、堂々と**「薩摩守忠度」**の名で歌を撰んでいるんだ。でも、それは忠度の死から実に五十年のちのこと。
その定家の日記『明月記《めいげつき》』には、こんな記述がある。

世上乱逆追討雖満耳不注之、紅旗征戎非吾事
世上乱逆追討耳に満つといへども、之《これ》を注せず。紅旗《こうき》征戎《せいじゅう》吾が事にあらず。

訳 世の中が混乱していて謀反《むほん》とそれを征伐する話がうるさいくらい耳に伝わってくるけれど、私はこれを書き記さない。朝廷（紅旗）や朝廷の起こした軍事行動（征戎）など、自分の知ったことではない。

政治や戦いの混乱なんて知ったこっちゃない、あくまで自分の関心は芸術上のことにあるのだ、という**定家の「芸術至上主義宣言」**だ。

誰しも時の政治や社会に無関心でいられるわけがない。ましてや源平争乱という時代の大きなうねりの中、戦塵《せんじん》渦巻く京にいた定家がこう書き記したことには大きな意味がある。さすが藤原定家、見事な心構えだなぁ。

❀箙に結び付けられた文に記された「旅宿花」

さて、都落ちした忠度は「一ノ谷の戦い」で壮絶な最期を遂げている。

義経に鵯越《ひよどりごえ》から奇襲をかけられ、平家軍が壊滅したこの戦いで、平家は主だった武将を失い、その中に残念なことに忠度も入っていた。

一ノ谷の西側の大将軍だった忠度は、義経の奇襲によって味方が総崩れする中、わずかな家来を連れて退却した。

そこに、岡部六弥太忠澄《おかべのろくやたただずみ》という源氏の武士が現われ、呼び止められてしまった。

忠度はとっさに、名乗りもせず源氏だと偽って難を逃れようとしたのだけれど、歯を黒く染めていた（いわゆる「お歯黒」）ので、平家の公達《きんだち》だと見破られてしまい、一騎打ちに。貴族としてのお洒落が仇《あだ》となってしまったんだね。

しかし、忠度は**「熊野育ちの大力」**と称された力自慢でもあった。一対一ではそうそう負けはしない！

六弥太を馬から落としてとどめを刺そうとしたその時、背後から六弥太の家来が駆けつけてきて、忠度の右腕を肘《ひじ》から斬り落とした。ちょっと卑怯……。

忠度は「もはやこれまで」と思って六弥太を片手で（！）投げ飛ばすと、「しばらく退《の》けい」と大声で言いざま、死を覚悟して西に向かって念仏を十遍称え始めた。ところが、それを称え終わらぬうちに六弥太が戻ってきて忠度の首を討ったんだ。コイツ……。本当に卑怯だぞ!!

六弥太は立派な武士を討ったと思ったものの、忠度が名乗らなかったので誰ともわからない。

ふと見ると、箙《えびら》（矢を入れる容器）に結び付けられていた文《ふみ》に、**「旅宿花《りよしゆくのはな》」と題した和歌**が詠まれていた。

ゆきくれて 木《こ》のしたかげを やどとせば 花やこよひの 主ならまし　忠度

訳 旅の途中で日が暮れて、桜の木の下陰を宿とするならば、桜の花が今夜の主となり、もてなしてくれるであろうか。

こう記してあったことから、忠度の名が明らかになったんだ。

ただ、荒くれ坂東《ばんどう》武者の六弥太としては歌などどうでもよかった。忠度の首を高々と差し上げて、「有名な薩摩守忠度殿を、この岡部六弥太忠澄がお討ち申したぞ」と誇らしげに名乗った。すると、武芸にも歌道にも熟達した名高き忠度の死を、敵も味方も悲しんで涙を流したという。享年四十一。

なお、忠度の官名が「薩摩守」、名前が「ただのり」であることから、**「薩摩守」**といえば**「無賃乗車（＝ただ乗り）」**を意味する隠語として使われることがあるんだ。

若い人は知らないだろうけどね。

コラム

清盛は白河院の「ご落胤」だった？

清盛の父忠盛が、白河院の近臣として厚い信頼を勝ち得て仕えていた頃のこと。ある日、白河院が寵愛《ちょうあい》する祇園《ぎおん》女御のもとに向かう途中、恐ろしい姿の怪物が現われた。警護役の忠盛が退治を命じられるが、暗いうえに雨まで降っているので正体がよくわからない。

そこで忠盛は冷静に怪物に近づき、いざ組み付いてみると、正体は六十くらいの法師。なーんだ……。

法師を間違って殺さずにすんだのは忠盛の勇気と冷静沈着さのおかげだ、と感心した白河院は、褒美として忠盛に祇園女御を賜《たまわ》ったんだ（女性は「贈り物」ではないけれど……）。

実は祇園女御はその時、すでに白河院の御子《みこ》を身ごもっていた（おいおい）。

白河院は、

「生まれる子が女の子であれば自分の子にしよう、男の子ならば忠盛の子にして武士の子として育てよ」

と命じた。

そして、誕生したのは男の子であり、それが忠盛の子として育てられた平清盛である、と『平家物語』には書かれている。これが「清盛落胤説」というわけだ。

ただ普通に考えると、この程度の働きで寵愛する女性を臣下に譲るというのは、ちょっとありえない話。

コトの真相は闇の中だけど、清盛を白河院の落とし胤とすることで、物語を面白くしようという『平家物語』一流の創作性を感じるところだ。

3章

その栄華は、まさに「春の夜の夢」のごとし

……運命のままに滅んでいった清盛の子供・孫たち

3章 登場人物略系図

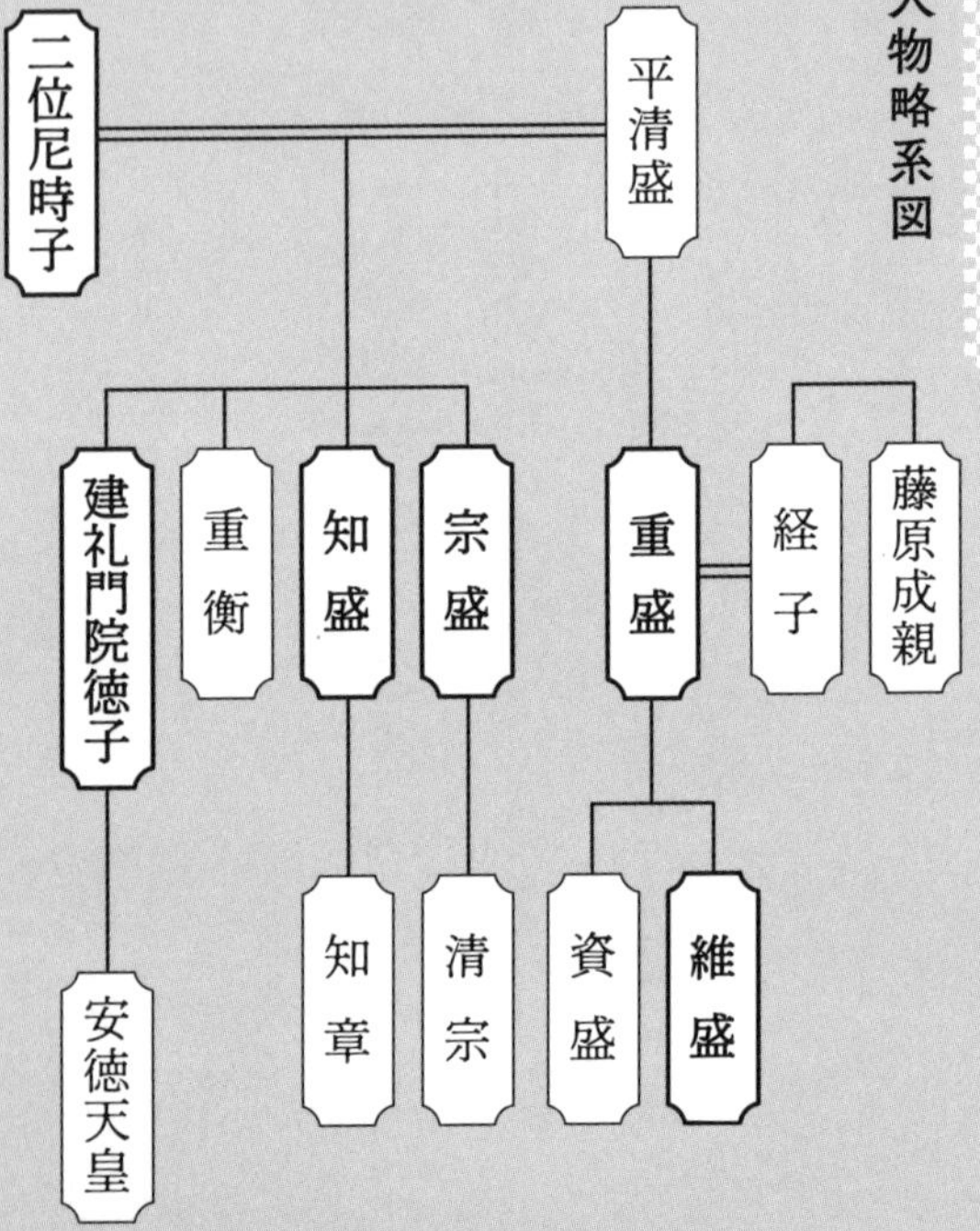

清盛の長男は「平家一門」きっての良識派？

平　重盛《たいらのしげもり》（一一三八～一一七九）

平清盛《きよもり》がバイタリティーあふれる創業者だとすると、二代目の**重盛**は堅実な橋渡し役。『平家物語』の中で描かれる重盛は、「ザ・いい人」。温厚な人柄で後白河院《ごしらかわいん》の信任も厚く、良識のある存在として描かれているんだ。

重盛は、十八歳の時に参加した保元の乱、続く平治の乱で戦功を上げて勝利し、順調に出世していく。そして、二十六歳の若さで公卿に大昇進。さすが清盛の嫡男だ。

そんな重盛に、ある事件が降りかかってきた。重盛の息子**資盛**《すけもり》が、摂政《せっしょう》の**藤原　基房**《ふじわらのもとふさ》に対して無礼を働いたのだ。

事のなりゆきはこうだ。資盛の一行が鷹狩りの帰り道で、摂政の行列に出くわした。

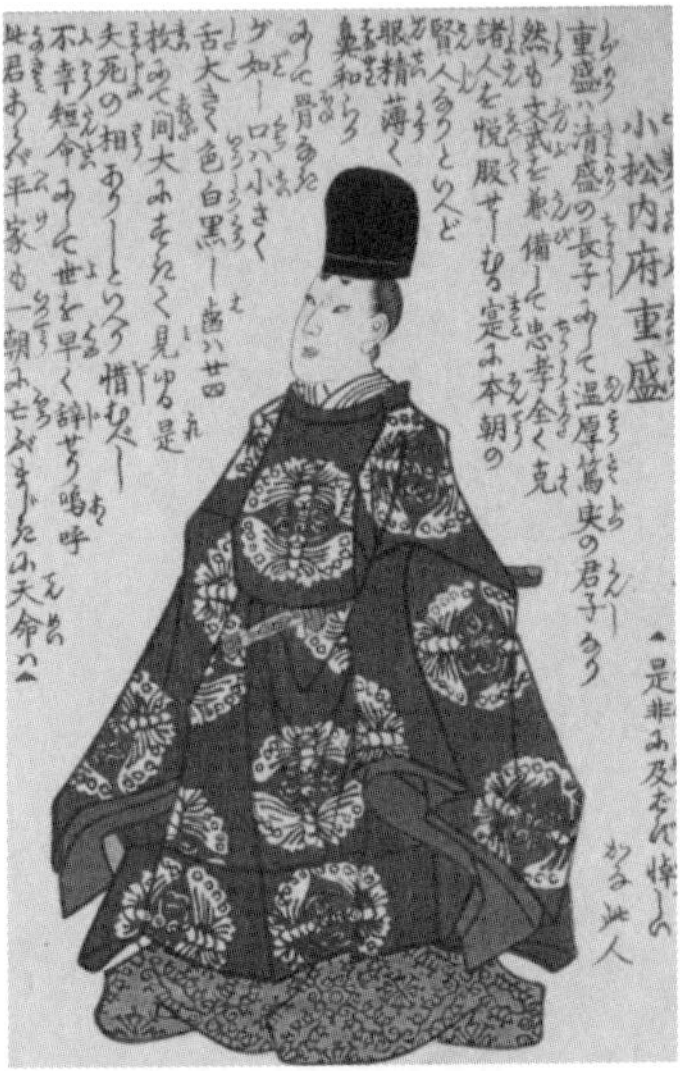

ひたすら振り回された苦労人の平重盛

本来ならば資盛たちが下馬して挨拶《あいさつ》するのが礼儀なのに、資盛は生意気盛りの十三歳。「オレの爺《じい》ちゃんは天下の清盛だぜ、摂政がなんだ」とばかり、素知らぬふりで行列を無視して通り過ぎようとしてしまう。

　これには摂政の家来たちが怒り心頭。

「ふざけるなー！」と、資盛たちを馬から引きずり下ろし、ボコボコにしてしまう。

これが**「殿下乗合事件《てんがののりあい》」**と呼ばれるものだ。

　この一件を聞いた清盛は、孫のこととはいえ自分の顔に泥を塗られたと怒り、部下たちに命じて摂政を襲撃させ、さんざん痛めつけた。

　資盛の父である重盛は、あとになって事の顛末《てんまつ》を知って大慌《あわ》て。摂政を襲撃した侍たちを厳しく咎《とが》め、礼儀をわきまえなかった息子こそが悪いのだと、資盛を伊勢国

（現在の三重県）にしばらく追放した……と『平家物語』には書かれている。

でも、**どうやら真実はまったく違う**ようなんだ。いくつかの史料によると、摂政の藤原基房への報復は、清盛じゃなくて重盛が行ったらしいのだ。

え？　どういうこと？

よくよく事実を調べてみると、「殿下乗合事件」の直後、摂政の基房は狼藉《ろうぜき》を働いた者たちの身柄を、資盛の父重盛に引き渡そうとした。摂政といえども、やっぱり平家に逆らっちゃうとヤバいと思ったんだろうね。でも、怒っていた重盛はそれを拒否。

そこで基房は、狼藉を働いた者たちを自主的に処罰して丁重にお詫びした。

ところが、それでも重盛は赦《ゆる》さず、事件から三カ月後に基房を部下に襲わせた、というのが真相のようだ。

『平家物語』では、
清盛＝悪人
重盛＝善人
というように、親子を対照的に描き、かつ清盛をわかりやすくヒール役にするために、史実を歪曲《わいきょく》しているところが多々あるんだけど、やってもいないのに罪をかぶせられた清盛は、「冤罪じゃあ〜」と、あの世で怒っていそうだね。

❀「後白河院への忠」と「清盛への孝」との板挟み！

「殿下乗合事件」の真相は置いておくとして、平家が全盛に向かうにつれて、敵が多くなっていったのは事実だ。

特に、**後白河院と清盛との権力争い**は熾烈《しれつ》を極めた。

そんな時、平家打倒の企て、**「鹿ヶ谷《ししがたに》の陰謀」**が勃発。密告によってそれを知った清盛が関係者を捕縛し、処刑したり島流しにしたりした事件だ。

清盛は、黒幕の後白河院もとっ捕まえて幽閉してやる！ といきり立ち、自ら出陣する構えを見せた。

これを知った重盛は、猛烈に反対した。

「平家が栄達できたのも天皇家のおかげであり、そのご恩を考えると後白河院をお守りするのが忠義というもの。しかし、父上がそれでも院を断罪なさるというのなら、私は院をお守りするため父上と戦わなければなりません。これでは、親に対する不孝を犯すことになります。いっそのこと私の首を取ってからにしてください」

と、泣きながら清盛に訴えたのだ。

「忠ならんと欲《ほっ》すれば孝ならず、孝ならんと欲すれば忠ならず」

という言葉で語られる有名なシーンだ。

信頼する長男の重盛にここまで言われたら、さすがの清盛も思いとどまるしかなく、後白河院を幽閉することはしぶしぶ諦《あきら》め、罪を不問としたんだ。

❀「栄華が父一代限りで終わるなら、この命縮め給え」

鹿ヶ谷の陰謀の首謀者は、重盛の妻の兄にあたる**藤原成親《なりちか》**だった。そこで重盛は成親の助命を嘆願したんだけど、清盛の怒りはすさまじく、成親はかろうじて処刑は免れて流罪になったものの、結局ひどい殺され方をしてしまう。

この事件を機に重盛は気力を失い、政治の表舞台にはほとんど姿を見せなくなってしまった。たびたび清盛を諌めてきた重盛だったけど、もはや自分の力だけでは父の暴走を止められない……。そう思った重盛は、熊野に参詣して神頼みをした。

「父の横暴な振舞いにより、栄華が父の一代限りで終わり、子孫が恥を受けるようになるなら、自らの命を縮めて来世での苦しみを助けてほしい」

すごい頼み事だけど、間もなく重盛は病の床に臥《ふ》した。「これは神様が自分の願いを聞き届けてくれたからだ」と喜び、治療も祈禱《きとう》も断った。ここでも独りで全部背負おうとするザ・いい人、重盛。

心配した清盛は、中国の宋から名医を呼んで治療を勧めたけれど、重盛は外国の医者にかかるのは日本の恥だと拒否し、ほどなく亡くなった。四十二歳の若さだった。

次の棟梁候補として絶大な信頼を置いていた重盛を失い、清盛はショックでしばらく邸《やしき》に閉じ籠《こ》もってしまう。息子に先立たれる悲しみは、いつの時代でも変わらず計り知れないものだよね。

清盛を諫める者がいなくなり、今後、天下はどうなることかと人々は嘆き合った。そして、その悪い予感は的中することになる。

平家の悪行と没落は、重盛の死によって加速度を増していくんだ。

煌めく超絶イケメンながら戦ではダメ男決定！

平《たいら》　維盛《のこれもり》（一一五九？〜一一八四？）

平維盛は、平清盛の嫡男の嫡男、つまり平家一門の棟梁になるべきサラブレッドだ。

しかも、**平家一門の中でイケメンランキング一位の貴公子**なのだ。

その容姿は、

・今昔見る中に、ためしもなき（歴史上、例のない美しさ）『建礼門院右京大夫集《けんれいもんいんうきょうのだいぶしゅう》』
・容顔美麗《びれい》、尤《もっと》も歎美《たんび》するに足る（超ハンサム、最高に感動するに足りる）『玉葉《ぎょくよう》』

と、維盛を実際に見た人たちのお墨付きだ。

『玉葉』を書いた九条兼実《くじょうかねざね》という人は源氏方なので、**敵も認める美男子**だったということ。さらに舞や朗詠《ろうえい》、笛までも天才的な腕前だったみたいで、平安貴族の時代だったらどれほどモテたことか……。

❀光源氏の再来か!? でも出世街道まっしぐらとはいかず……

安元二年（一一七六）三月四日のこと。後白河院の五十歳を祝う催しが開かれた。そこに颯爽《さっそう》と現われたのが十八歳の青年貴公子維盛。烏帽子《えぼし》に桜の枝、梅の枝を挿《さ》して「青海波《せいがいは》」を舞ったんだ。

「青海波」といえば、『源氏物語』の中で光源氏が同じくらいの年齢で舞った舞で、この時の光源氏は「神が愛《め》でる」とまで評された美しい舞を披露している。

維盛の舞も、それに勝るとも劣らず素晴らしいもので、そのいでたちから**「桜梅《おうばいの》少将《しょうしょう》」**と呼ばれるようになった。顔だけじゃなく呼び名までイケメンなのだ。

＊「富士川の戦い」で、まさかの不戦敗！

ところが、イケメン維盛は、**戦《いくさ》ではダメ男だった。**

武将としての経験はなく、その才覚も未知数なのに、源《みなもとのよりとも》頼朝の挙兵に際し、**維盛はいきなり平家の「追捕《ついぶ》大将軍」として、源氏方の武田信義《たけだのぶよし》と頼朝の連合軍と戦うことになっちゃったのだ。**

治承四年（一一八〇）、この時、維盛は二十三歳。その凛々《りり》しい武者姿は絵にも描けないほどの素晴らしさだった。

しかし、美しい姿だったら神に愛でら

れて勝てる……ほど、戦は甘くない！

平家の兵力七万に対して源氏の兵力は二十万（実は頼朝の流したデマ。でもそれを信じてしまったイケメン改めダメ男の維盛）。しかもこの時期、飢饉《ききん》で兵糧《ひょうろう》が足りず、平家司令部の不協和音もどこからともなく聞こえてきて、兵士たちの士気は下がりっぱなし。

「こりゃ駄目だ……」と見切りをつけて逃げ出す兵も多く、実際のところ平家軍は数千にまで減ってしまっていたという。

そして決戦前夜、富士川に轟く「水鳥の羽音」を聞いた平家軍は、源氏方の夜襲の音と勘違いし、慌てふためいて取るものもとりあえず一目散に逃げ出してしまった。

おいおい。

なんと、この**「富士川の戦い」**で、維盛率いる**平家軍は、屈辱の「不戦敗」**を喫《きっ》してしまった。ほうほうの体《てい》で京に逃げ帰った維盛だが、戦わずして逃げ帰ってきた孫に清盛は大激怒。

「戦って敵に軀《むくろ》をさらしたほうがマシだ。一家の歴史に恥を塗りおって!!」

と、維盛を激しく叱責した。そりゃそうだ。

❇木曾義仲に倶利伽羅峠でコテンパン！

「富士川の戦い」でみじめな負け方をした維盛に、汚名返上のチャンスがやってきた。寿永《じゅえい》二年（一一八三）、維盛は**源（木曾《きそ》）義仲《よしなか》追討軍の総大将**に（やめときゃいいのに）任命され、平家の総力十万騎を引き連れて北陸道を下っていった。今度こそ戦うぞ!!　じゃなかった、今度こそ勝つぞ!!

維盛率いる平家軍と義仲軍は一進一退の攻防を繰り広げ、倶利伽羅《くりから》峠《とうげ》（現在の富山県と石川県の境にある峠）で睨み合った。そして、地の利がある義仲は軍勢を分けて平家軍を包囲し、夜襲をかけて追い込んだ。今回は本物の夜襲だ。

寝ているところを襲われた平家軍は、大パニック！

敵のいない方向に向かって一斉に駆け出すものの、そこは行き止まりの倶利伽羅谷の断崖絶壁！　先頭は崖に気が付いて立ち止まったものの、あとからあとから味方が押し寄せてきてしまい、押し出されるように次々と平家軍は崖下に落ちてしまった。

崖の下には平家の武士たちの累々《るいるい》たる屍《しかばね》が……。その数は七万余といわれている。

まさに地獄谷だ。

❀平家の「都落ち」確定……その時、維盛のとった行動は？

義仲にコテンパンにやられた維盛は、やっとの思いで京に逃げ帰ったんだけど、大半の兵を失った平家は、都を捨てて西へ西へと逃げていかざるをえなくなる。

都落ちするにあたり、平家一門の中で維盛だけが妻子を連れていかなかった。死ぬのは自分一人で十分と考えた家族思いの維盛は、泣きついて「一緒に行く」と言う妻に向かって、「もし自分が死んだら、遠慮なく再婚しなさい」と言い残し、馬にまたがり去っていった。維盛なりの愛の形だったんじゃないかな。

しかし、合戦が続く中、都へ残してきた家族を思い、上《うわ》の空の維盛。やる気のない(ように見える)維盛の姿を見た平家一門からは、「自分だけ家族を置いてくるなんて、維盛は頼朝に通じているのではないか」と、二心《ふたごころ》を疑われてしまう始末。まあ、それも、当然のような気もするけれど……。

味方から疑われ、肩身の狭い思いに耐えられなくなった維盛は、「一ノ谷の戦い」

の前後、密《ひそ》かに**屋島《やしま》から逃亡**してしまった。「大将軍」までつとめた平家の棟梁の維盛が、まさかの敵前逃亡。こりゃ、駄目だ。

❀最後まで女々しい維盛

逃げちゃった維盛は、父重盛の家臣だった**滝口入道《たきぐちにゅうどう》**のいる高野山《こうやさん》へと向かった。

そして滝口入道と対面し、

「京に残してきた妻子に会いたい、とはいっても戻って源氏に捕らえられるのは怖い……どうしたらいいのでしょう!! いっそのこと出家してから自害したい!」

と、思いのたけを打ち明けた。

若く美しかった維盛の姿を知る僧は、変わり果てたその姿を見て、嘆き悲しんだ。

思えば、**十八歳で「青海波」を舞った時が、維盛の人生のピークだった**ようだ。

維盛は入水するために、船で紀伊国《きいのくに》(現在の和歌山県)那智《なち》の沖に向かった。途中、山成島《やまなりじま》に渡り、松の木に祖父の清盛、父の重盛、そして自らの名籍《めいせき》(官位・名前・年齢など）を書き付けた。ここでも武士らしからぬ女々《めめ》しさを感じさせる維盛だけど、それが維盛なんだ。

そして、維盛は妻子への断ちがたい愛執《あいしゅう》を懺悔《ざんげ》したあと、滝口入道の導きに従って入水した。イケメン維盛、二十六歳の若さだった。

都にいた維盛の妻は、維盛が那智の沖にて入水したことを聞いたのち、出家して尼《あま》となり、維盛の後世《ごせ》を弔《とむら》った。

維盛と親交のあった建礼門院右京大夫は、維盛の死を悼《いた》む歌を残している。

春の花の　色によそへし　面影《おもかげ》の　空《むな》しき波の　下に朽《く》ちぬる

訳 春の花の色にその美しさをなぞらえられていた維盛様の面影は、空しい波の下に朽ちてしまった。

メモ

富士川の戦い…治承四年（一一八〇）、二十三歳の維盛は「追捕大将軍」として、叔父の重衡《しげひら》（清盛の五男）と共に出陣。源頼朝を倒すべく東海道を下り、駿河国《するがのくに》（現在の静岡県）に入った平家の武将たちは、保元の乱、平治の乱における戦いなど、この何十年か負け戦を知らず、今回も容易に勝てるだろうと高をくくっていたんだ。

集まった平家方の軍勢は総勢「七万」と『平家物語』には書いてあるけど、実際は「数千」だったとも。折からの飢饉で兵糧がうまく手に入らず、さらに司令部が仲間割れするなど混乱が続き、兵士たちが続々、逃亡していたからだ。

不安に駆られた維盛は、軍議の席で東国出身の斎藤実盛《さいとうさねもり》に東国武士の戦いぶりについて尋ねたところ、「東国武士は、親が討たれようが子が討たれようが戦いをやめません。その屍を乗り越え乗り越え戦い続けます」との返事。

これを聞いた平家の武将たちは、青ざめた。そこへもってきて早馬がもたらした情報は、「源氏軍の数、二十万」。ますます血の気を失う平家の武士たち。

この数字は、頼朝が平家をかく乱するために流した嘘だったんだけど、事件はその夜に起きた。

戦いを前に遊女たちを呼んで宴を催す平家軍（青ざめた割には、何をしてるんだか)。

そこにバシャッ！　バシャッ！　バシャッ!!　と、ものすごい音があたりに響き渡った。

すわ、源氏の大軍による奇襲か、と浮き足立つ平家軍。慌てて馬に飛び乗って戦いに向かう――かと思いきや、武器も武具も放り投げて我先にと逃げていく始末。

でも、この音は**「水鳥が一斉に飛び立った音」**だったんだ。

結果は源氏方の「不戦勝」。戦わずして勝鬨《かちどき》を上げる源氏軍。一方の平家と維盛にとっては、不名誉な「不戦敗」となったんだ。

無能なのに「棟梁のお鉢」が回ってきてしまった男

平 宗盛《たいらのむねもり》（一一四七〜一一八五）

本来であれば、清盛の三男坊である**宗盛**は、平家の棟梁にはならないはずだった。いや、ならないほうがよかった。性格も度量も棟梁向きではなかったからだ。

ところが、嫡男の重盛が若くして亡くなり、次男は夭逝《ようせい》。父の清盛が亡くなってしまうと、順番として三男の宗盛が平家の棟梁になるしかなかったんだ。

平家の命運を握ることになった宗盛。かわいそうだけど、『平家物語』では、**「有能な兄重盛」**に対して**「無能な弟宗盛」**と対照的に描かれている。宗盛の弟の知盛《ともも り》も有能な弟として描かれているから、宗盛は兄弟間でとことん貶《おとし》められている。

そんな宗盛が、上位の貴族を飛び越して、中将《ちゆうじよう》からいきなり右大将《うだいしよう》に昇進するということがあった。三階級特進、というところかな。

その頃は平家全盛時代。清盛のひと言で決まった、この依怙贔屓《えこひいき》人事は、出世を狙っていた藤原成親の恨みを買ってしまい、これが「鹿ヶ谷の陰謀」へとつながることになる。

宗盛が誰から見てもデキる男だったら、ここまで大事《おおごと》にはならなかったかもしれない……。

ちなみに治承四年（一一八〇）の**以仁王《もちひとおう》の挙兵**にも宗盛が絡《から》んでいる。以仁王は**源頼政《よりまさ》**に唆されて平家追討の令旨を出し、挙兵したんだけど、頼政が謀反を起こした理由は宗盛にあった。

かつて宗盛が、頼政の長男仲綱《なかつな》の所有する名馬「木《こ》の下」を所望したことがあった。ところが仲綱が惜しんで渡さない。怒った宗盛は、オレ様を誰だと思っているんだ、とばかりに、無理やり馬を召し上げてしまったんだ。

さらに、馬を自分に快く渡さなかった仲綱を憎んで、せっかく手に入れた名馬に「仲綱」という焼き印を押して見世物にした。サ、サイテー。これはちょっとやり過ぎだ。

息子の仲綱を侮辱されたことに憤慨した頼政は、平家打倒を計画し、以仁王を誘ったのだ。なかなか罪深い男だな、宗盛。

❀なんの手も打てず、哀れに都落ち

名馬をめぐる宗盛の横暴さがきっかけともいえる以仁王の挙兵を発端に、各地で源氏に味方して挙兵する者たちが現われた。宗盛は源氏を討つために東国へ出発しようとするんだけど、よりによって出発の日に清盛が病に倒れてしまった。

結局、清盛は熱病で亡くなり、平家は大黒柱を失った。平家の棟梁となった宗盛は内大臣に昇進して、その拝賀の儀式は華やかに行われたけど、平家一門の命運は風前の灯火《ともしび》……。

義仲をはじめとした源氏軍は、今にも都へ攻め入ろうとしていた。

そして「倶利伽羅峠の戦い」で義仲に大敗した平家は、安徳《あんとく》天皇と三種の神器《じんぎ》を奉じて、ついには西へと都落ちするハメに。なんの手も打てず都落ちしていく哀れな宗盛。「平家の棟梁としての器」じゃなかったことは明らかだ。

そののちも、源平合戦の中で、特段に優れた決断力や武勇を発揮するわけでもなく、宗盛率いる平家一門は滅びの道を進んでいくだけ……。

棟梁になったタイミングが悪かったのは事実だ。でも、後白河院と政治的な駆け引きをするとか、義仲や義経《よしつね》に対して果敢に戦いを挑むとか、いろいろとやりようはあった気もするんだけど、どうかな?

❁入水しても死ねない宗盛・清宗親子

元暦二年(一一八五)三月。「壇ノ浦《だんのうら》の戦い」に敗れた平家の人々は、意を決して次々に入水していく……。そんな中、宗盛と息子の清宗《きよむね》は呆然《ぼうぜん》として船端《ふなばた》から海を見つめるばかり。

ぐずぐずしていると源氏方に捕らわれてしまう……。**二人の姿を情けなく思った平家の侍たちが、宗盛を海へ突き落とし、それを見た清宗があとに続いた。**

しかし! 入水するにあたって、重りを体にくくり付けていなかった二人はぷかぷ

壇ノ浦で再現された「源平船合戦」。ここが平家一門の滅びの地となった

かと海面に浮かんでしまった。さらに、泳ぎが得意だったので、**思わず泳いでしまう二人**。まったく冗談のような絵図だ。笑えないが。

宗盛は、「清宗が沈んだら自分も沈もう、清宗が助かったら自分も助かろう」と考え、清宗は清宗で、「父が沈んだら自分も沈もう、父が助かったら自分も助かろう」と考えていた。

気の合う仲よし親子といえばそうなんだけど、この切羽詰まった状況でそれはどうなんだ!!

そして宗盛と清宗が見つめ合って泳いでいるうちに、源氏方が二人を引き上げてしまった。

ああ、なんとも情けない話だ。

❀三位以上の公卿なのに都で「晒し首」に！

宗盛と清宗は、平家の捕虜たちと共に「引き回しの刑」に処せられた。わずか二年前には栄華を誇っていた平家の武将が、今はみじめな姿を晒《さら》していることに、都の人たちは夢か現《うつつ》かと驚き、涙する者も多かったという。

京での引き回しのあと、宗盛と清宗親子は義経に連れられて、頼朝のいる鎌倉へと下向したものの、頼朝と義経の関係が悪化したものだから、宗盛親子は都へ戻されることになった。

道中、宗盛は、「ここで斬《き》られるのではないか、いやここかしら」とびくびくしながら国々宿々を通り過ぎていく。ところが、なかなか斬首《ざんしゅ》されないので、「もしや命が助かるのではないか」と一縷《いちる》の望みを持ち始めたんだ。

でも、それはやっぱり儚い望みに過ぎなかった。近江国篠原《しのはら》（現在の滋賀県野洲《やす》市）に着いたとき、宗盛は清宗と引き離されて、ついに処刑されたのだった。「たとえ首は落ちても胴体は清宗と離れたくない」という宗盛の意を汲《く》んで、二人の胴体は同じ穴に埋められたそうだ。

二人の首のほうは都の大路を引き回されたあと、獄門の樗《おうち》の木にかけて晒し首にされた。**三位以上の公卿が、大路を引き回されて獄門にかけられたのは日本で初めてのこと**だった。……合掌。

「生きての恥、死んでの恥、どちらも劣らぬ大変な恥であった」と、『平家物語』は辛辣《しんらつ》に結んでいる。

壮絶な最期！　知勇を兼ね備えた「清盛の最愛の息子」

平《たいらの》 知盛《とももり》（一一五二～一一八五）

平知盛は清盛の四男で、**清盛の最愛の息子**といわれているんだ。

生まれた時、すでに父清盛の栄華への道はスタートしていたので、知盛も順調に出世街道を進み、二十五歳の時、公卿の仲間入りを果たした。

ところが、清盛の死のあと棟梁となった宗盛は、文官タイプ。平時ならなんとかなったかもしれないけど、戦いで源氏に対抗できる器ではなかった。この時、二十七歳だった知盛には、平家没落の足音が近づいてくるのが聞こえていたかもしれない。

清盛が亡くなってからまだ二年半も経っていない、寿永二年（一一八三）七月二十四日。義仲の大軍が都に迫る中、平家は「都落ち」という苦渋の決断を下した。

平家の居住地だった六波羅《ろくはら》の邸に火を放ち、都の民家を焼き払う煙の中、取るものもとりあえず都から逃げ出す平家一門……。

でも、中には維盛のようになかなか出立《しゅったつ》できずにいる者や、清盛の弟の頼盛《よりもり》のように源氏方に寝返る者もいた。そして機を見るに敏な後白河院は、住み慣れた法住寺殿《ほうじゅうじどの》をさっさと脱出して比叡山《ひえいざん》に隠れてしまう。なんてやつらだ……。

こうした情けない人々の姿を見ながら、知盛は、**「人の心の変わりゆく情けなさよ」**と嘆じるしかなかった。

❁〝屈辱を晴らすチャンス〟を待ち構えていたが……

実は、都落ちが決定する前、知盛は義仲と戦うために、京都の東の入り口を守っていた。来るなら来い！ **討ち死にするのは武士として本望、と覚悟を決めていたところへ**、宗盛から「都落ち」を告げられた。がっくり。

知盛は都落ちに反対したんだけど、実の兄であり棟梁でもある宗盛の決定だったので、仕方なく西へと都落ちすることにした。そして、どんどん西下《さいか》し、ついに九州にまで流れ着くものの、反平家勢力に追い返される始末。

やっと**四国の豪族の阿波民部重能**《あわのみんぶしげよし》（成良《しげよし》とも）の助けを借りることができて、平家は徐々に勢力を回復し、清盛が一度遷都した福原まで押し戻してきた！

その時、後白河院や頼朝と対立するようになった義仲が、平家に「手を組もう」と呼びかけてきたんだけど、知盛は断固反対。「あんな山猿のようなヤツ、信用できない」……たしかにそうだ。

そして砦《とりで》を築いて、源氏との戦いに備えた。

「来るなら来い。この知盛が蹴散《けち》らしてくれるわ」

どの戦いでも負けることを知らぬ勇者として尊敬を集めてきた知盛は、都落ち以来の屈辱を晴らすチャンスがくるのを待ち構えていた。

❁奮闘むなしく義経の奇襲に蹴散らされ……

清盛の命日の行事を終えた三日後のこと。寿永三年（一一八四）二月七日、**「一ノ谷の戦い」**は始まった。押し寄せる範頼《のりより》・義経の大軍に対して知盛は一歩も引かず、いや、それどころか敵を圧倒していたんだ。

ところが、その時である。

一ノ谷の背後にそびえる鵯越《ひよどりごえ》から、あろうことか義経率いる三千の騎馬軍団が突然現われたんだ。そう、これが有名な**「鵯越の逆落《さかお》とし」**だ。


知盛は、戦いの正面の大将だった。ところが、まさかまさかの背後を襲われ、平家軍が総崩れとなる中、多くの兵が逃げていなくなり、気が付くと息子の**知章《ともあきら》**と郎党の**監物太郎頼方《けんもつたろうよりかた》**の**主従三騎**になってしまっていた。

三人は助け船に乗るために波打ち際のほうへ急いで逃げた。でも、十騎ほどの源氏の武者に追いつかれてしまったんだ。

そして、それから繰り広げられた光景は、知盛にとって信じがたいものだった。

敵の大将と思われる者が、知盛を組み伏せようと馬を並べてきた。その時、息子の知章が助けに割って入り、敵の首を掻《か》っ斬る。ところが、知章が立ち上がろうとしたその時、加勢にやってきた敵が、知章の首を討ち落としてしまう。

その敵に、監物太郎がすかさず組み付いて討つ。そのあと、すべての矢を射尽くすまで多くの敵を討ち取った。でも結局、監物太郎も膝口に矢を射られ、立ち上がることもできないで、座ったまま討ち死にしてしまった。

眼前の出来事すべてが、知盛には「悪夢のスローモーション」にしか見えなかった。勇ましい武士として尊敬を集めたはずの知盛。でも、この時の**知盛は、息子を助けるでも、監物太郎と一緒に戦うでもなく、助け船のいる海へと向かっていく。**

知盛は馬を泳がせて、やっとのことで沖合にいた宗盛の乗る助け船にたどり着いた。知盛の乗っていた馬は名馬だったけど、船には馬を乗せる余裕がないので、追い戻すしかなかった。

名馬が敵のものになることを惜しむ阿波民部重能が馬を射殺そうとするが、それを見た知盛は、

「射るな。私の命を助けてくれた馬だ。誰のものになってもよい」

と制止した。

馬は主《あるじ》との別れを惜しんで、しばらく船を離れようとしなかった。でも、次第に遠ざかる船を見て向きを変え、岸へと泳ぎ帰った。脚が立つところで振り返るや二、三度悲しそうにいななくと、諦めて陸に上がった。

その後、馬は捕まえられて元の持ち主だった後白河院のところで飼われたという。

❀息子を助けずに逃げた自分を責める知盛

しばらく放心状態だった知盛だけど、気を取り直して兄の宗盛のところに行った。そして、息子の知章に助けられ、その息子に先立たれたこと、監物太郎が勇敢に討ち死にしたことなどを告げたんだ。

「子が討たれるのを助けないで逃げる親など、他人事であればどれほど非難したことでしょう。ところが自分自身のこととなると、これほど命が惜しくなるものだと今こそわかりました。人々が私のことをなんと思うか。その心の内が察せられて、ただただ恥ずかしゅうございます」

知章の享年は、十六。平家の侍たちは、みな鎧の袖を濡《ぬ》らした。

❀後白河院の院宣を断固拒否！

「一ノ谷の戦い」に敗れた平家一門は、再び阿波民部重能の助けを借りて、四国の屋島に仮住まいすることになった。

たび重なる敗戦。維盛は脱走。そして弟の重衡は捕らえられ、極めつけは息子知章の死。

知盛が暗澹《あんたん》たる気持ちに沈んでいる中、**後白河院から「重衡と三種の神器を交換せよ」との院宣《いんぜん》**が届いた。知盛はもちろん断固拒否!! 後白河院など信用できるか、三種の神器と安徳天皇は絶対に渡さん、と息巻いた。

とはいうものの都落ちして以来、予想を超える辛い日々が続いていた。

知盛は、都で潔く最期を遂げようと思っていたのに、都落ちせざるをえなかったことを嘆いた。悔やんでも悔やみ切れない思いだったに違いない。

平家が都を落ちてから三年。あまりにも多くのものを失ってしまった……。

❀「見るべき程の事は見つ」――死に際の美学

一ノ谷の敗戦から一年経った頃、またまた義経が現われて**「屋島の戦い」**となり、再び平家は敗れ去った。一門は長門国《ながとのくに》(現在の山口県)の下関《しものせき》は彦島《ひこしま》に集まって、いよいよ最後の決戦の準備をすることになる。

そして「屋島の戦い」からわずか一カ月後の元暦二年(一一八五)三月二十四日、**「壇ノ浦の戦い」**の火ぶたが切られたんだ。

源氏の白旗を掲げた五百艘《そう》の船が姿を現わした。

潮の流れが有利になるのは午前十時からの二時間。この二時間の間に勝利しなければならない……赤旗を掲げる味方の船は八百艘。

「海の平家、陸の源氏」という言葉があるように、「数でも、経験でも負けてはいないはずだ」――知盛はそう思った。

しかし、勝利の女神がほほ笑んだのは源氏方のほうだった。

勝負の二時間の間に、平家軍は決定的な勝機が摑《つか》めず、それを見た**阿波民部重能が**

裏切ったんだ。さらに、九州の軍勢も次々と裏切っていく。

しかも、義経は船戦《ふないくさ》の不文律を破って、殺してはならないはずの漕《こ》ぎ手や舵《かじ》取りの漁師たちを射殺し、斬り殺すという作戦に出た。卑怯だぞ、義経っ！

水手《かこ》を失った平家の船は身動きが取れなくなり、そこへ源氏の兵士たちが乗り込んできて襲いかかる……。勝負は決した。

知盛は、安徳天皇が乗っている船に参上し、「もうこれで終わりなので、見苦しいものを海に投げ入れてください」と頼み、自ら船を掃除し始めたんだ。


「見るべき程の事は見つ。いまは自害せん」

訳 「見るだけのことは見てしまった。もう自害しよう」

平家一門が次々に入水していく様子を目《ま》の当たりにした知盛は、自らの人生を振り返りながらそう言った。短いようで長い、長いようで短い三十三年間だった（享年は数え年なので三十四）。

そして鎧を二領《りょう》身に着けると、傍《かたわ》らに寄り添っていた乳母子《めのとご》と二人、手に手を取って海中へと身を躍らせた。

さすが清盛が最も愛した息子の知盛。あっぱれな最期だ。

壇ノ浦の戦いが終わったあとの海は、平家の赤い旗が波間に無数に浮かび、**紅葉《もみじ》を散らした竜田《たつた》川《がわ》のように赤く染まっていた**という。

死を前に船を掃除し始めた知盛。
最期まで清廉であろうとした

メモ

鵯越の逆落とし…寿永三年（一一八四）二月四日。

この日は清盛の命日。その死からわずか三年、栄華を誇った平家は屈辱の都落ちを経験したのち、いくぶんか勢力を盛り返して福原に押し戻っていた。平家は仏事を行なったけれど、それはつつましやかなものだった。

そして吉日のその日、源氏方も動いた。後白河院から出された平家追討の院宣を受けて、範頼と義経が率いる源氏軍が都を出発。目指すは平家が陣を張る一ノ谷だ。

五万余騎を率いる源氏の大将軍は範頼。主力はこちら。一方、**義経はというと、得意とする奇襲戦法を選んだ。**義経はいつもこの戦法だね。

手勢を二手に分け、七千騎は一ノ谷の西方に向かわせると、自らは三千騎を率いて一ノ谷の後方、鵯越を目指して険しい山道を突き進んだ。

いざ鵯越に着いてみると、予想通り、いや予想以上の断崖絶壁だった。見下ろすだけで目がくらむ……。眼下では源平相乱れての大混戦。ここから背面攻撃を仕掛けたいところだけど、ほぼ垂直の断崖絶壁を無事に下りられるものか？

義経が山に詳しい猟師に尋ねてみると、「それは不可能です」と答える。「では鹿は通るか」と尋ねると、「鹿は通ります」と答える。「ならば」、と義経は思った。

「**鹿が通れるなら、同じ四本脚の馬が通れぬはずはない**」……すごい理屈だ。

そこでまず、人が乗らず鞍《くら》だけを置いた馬を追い落としてみると、脚を折って転がり落ちる馬もあるけれど、なんとか無事に下までたどり着いた馬もいた。

これを見た義経は、「これなら乗り手さえ注意して馬を操れば、無事に下りられる」と思い、

「この義経を手本として続け」

と言うなり、馬を谷底に向かって走らせたんだ。

これを見た部下たちも勇気を振り絞ってあとに続き、二百メートルほど一気に下った、テラス状になっているところに到達した。

いったんそこで止まって見下ろしてみると、苔《こけ》むした大磐石《だいばんじゃく》が垂直に四十メートル以上続いている。「もはやこれまでか」と、みな観念していたその時、佐原十郎《さわらじゅうろう》義連《よしつら》という武士が、

「我が故郷の三浦では、鳥一羽追うのも朝夕この程度のところを駆けておるわ。庭

みたいなものだ」

と言うやいなや、先頭切って下りていく。とても人間業《わざ》とは思えない、まさに鬼神の行ないに見えた。

あとに続く者たちは、もうやけくそだ。どうにでもなれ!! 目をつむったまま必死で手綱《たづな》を操った。

これぞ**命がけの鵯越の逆落とし**。

まだ下り切らないうちから、興奮した三千騎が一斉にどっと鬨《とき》の声を上げた。それが山にこだまして、平家たちには十万余騎ほどの声にも聞こえたんだ。

背後から攻め込んできた義経軍に慌てた平家軍は、パニック状態。我先にと海上の船へ駆け入り逃れたものの、定員オーバーで三艘の船が沈んでしまう始末。

船の安全のため、身分の高い者以外は殺され、船端に取り付いた者たちは腕を斬り払われて海へと落とされてしまった。なんて残酷な……。

一ノ谷の水際は真っ赤になって、並び倒れた平家の兵たちで埋め尽くされたという。南無阿弥陀仏《なむあみだぶつ》。

最期の瞬間まで「平家のプライドと意地」を守る

二位尼時子《にいのあまときこ》（一一二六？〜一一八五）

ベベンベンベン♪

源平合戦の最後の戦い、壇ノ浦での合戦もついに勝敗が決しようとしていた！

安徳天皇の御座船《ござぶね》に**知盛**がやってきた。女房たちが戦況をおそるおそる尋ねると、知盛はカラカラと笑いながら、こう答えたんだ。

「めづらしきあづま男《おとこ》をこそ御覧ぜられ候《そうら》はんずらめ」

訳「珍しい東国の男を、もうじきご覧になることでしょう」

キャ〜ッ!! 東男《あずまおとこ》（源氏武者）たちがこの船に乗り込んでくる、つまり「平家完全敗北」という笑えない冗談に、女房たちは大パニック。

しかし、**二位尼時子**だけは、すでに覚悟を決めていた。

「たとえ女の身であっても、源氏に捕らえられるくらいならば……」

と、幼い安徳天皇の将来を憂《うれ》え、共に海に入って死ぬことを決意していたんだ。棟梁の宗盛が何をするでもなく、もたもたしていたことを考えると、時子の肝《きも》の据《す》わり方は半端じゃない。さすが清盛の妻！


この時、安徳天皇は数え年でまだ八歳。そんな子供を道づれにするとは、なんてひどいおばあちゃんだろう、と思う人もいるかもしれない。

でも、敵に捕らえられれば安徳天皇は廃されて幽閉、いや殺されてしまうかもしれない……。そんな辛い一生を送らせるより、ここで「天皇」のまま入水するほうがよほどまし。

そして、次の天皇を「正式な天皇」と名乗らせないためにも、

「三種の神器は、絶対に源氏の手には渡さない……!」

……一代の英傑、清盛。その妻二位尼時子のプライドと意地を見る思いだ。

❀「波の下にも都がございますよ」――覚悟の入水

時子は着物を整え、神璽《しんじ》（八尺瓊勾玉《やさかにのまがたま》）を脇に挟み、宝剣（草薙剣《くさなぎのつるぎ》）を腰に差した。これらは三種の神器のうちの二つ。

覚悟を決めた時子が、安徳天皇を抱えて屋形から船上に出ると、安徳天皇が尋ねたんだ。

「おばあちゃん、僕をどこへ連れていくつもりなの？」

涙をこらえながら、時子はこう答えた。

「君（安徳天皇）は前世の善き行いの力によって、天子としてお生まれになられましたが、悪い因縁《いんねん》に引かれて、御運は尽きてしまわれました。

まず東に向かって伊勢の大神宮に別れを告げ、そのあと、西方浄土《さいほうじょうど》の阿弥陀《あみだ》様のお迎えを受けようとお思いになり、西に向かって御念仏をお称えくださいませ。この世は辛く厭《いと》わしいところですから、極楽浄土という結構なところにお連れ申し上げまし

ょう」

　まだ八歳に過ぎなかった安徳天皇も、戦の様子と、ただならぬ祖母の言動にすべてを察したんだろうね。小さく可愛らしい手を合わせ、まず東に向かって遥拝《ようはい》し、そのあと西に向かって念仏を称えたんだ。

　それを終えるのを待っていた時子は、安徳天皇を抱え、

「波の下にも都がございますよ」

　と言って、安徳天皇と共に壇ノ浦の深い海の底へと沈んでいった……。なんとも潔い最期。涙なくしては語れない場面だ。

時子が身に着けていた三種の神器の二つのうち、神璽は源氏軍が確保したんだけど、宝剣はいくら捜しても見つからなかった。仕方がないので、その後、伊勢神宮から献上されたものを正式に宝剣としたそうな。

この勝負、一勝一敗、いや時子の執念が勝ったといえるんじゃないかな。

次の**後鳥羽《ごとば》天皇は、三種の神器を欠いたまま即位したことに生涯コンプレックスを持っていた**といわれているんだから。

❀引き上げられた安徳天皇の遺体は——？

安徳天皇の数え年八歳（満六歳四カ月）での崩御《ほうぎょ》は、歴代天皇の最年少記録だ。

そもそも安徳天皇の即位は、祖父の清盛が自らの政権を盤石《ばんじゃく》にするために強引に行ったもので、わずか三歳（満一歳二カ月）の時のこと。まさに**悲劇の天皇**と称してもよい人生で、安徳天皇のあの世での幸せを祈らずにはいられないよ……。

「壇ノ浦の戦い」の翌日、地元の漁師たちによって安徳天皇の遺体は引き上げられ、

竜宮城を模した赤間神宮。
安徳天皇は最期の時にどんな夢を見たのか……

その一年後には、幼い天皇の御霊《ごりょう》を鎮《しず》めるために、源頼朝の命によって**阿弥陀寺**が建立《こんりゅう》された。

阿弥陀寺は、ボク（耳なし芳一）のいたところでもあるんだけど、明治初期の廃仏毀釈《はいぶつきしゃく》によって寺は廃されてしまい、現在の赤間《あかま》神宮《じんぐう》となったんだ。

赤間神宮の水天門は、竜宮城を再現したような竜宮造りとなっている。というのも、壇ノ浦の戦いで生き残った安徳天皇の母・建礼門院徳子《とくこ》が、安徳天皇と二位尼時子が竜宮城にいる夢を見たことにちなんでいるからなんだ。時子の言った波の下の都とは、きっと竜宮城のことだったんだね。

ところが一方で、実は安徳天皇は壇ノ浦で入水せず、地方に落ち延びたとする伝説もあって、全国各地に伝承地があるんだ。

個人的には、生き延びた説に一票を投じたいところだ。

メモ

三種の神器…「三種の神器」とは、天皇即位の儀に必ず必要な「鏡と剣と玉（璽）」すなわち、「八咫鏡《やたのかがみ》・天叢雲剣《あめのむらくものつるぎ》（別名「草薙剣」）・八尺瓊勾玉」のことだ。

「三種の神器」の歴史は古い。

日本神話において、天孫降臨の際に天照大神《あまてらすおおみかみ》が瓊瓊杵尊《ににぎのみこと》に授けた三種類の宝器が元になっているんだから、今からざっと千八百年近く前のお話だ。

実はこの**三種の神器は、今の天皇はもちろん、歴代天皇でさえも実際に見てはいけないという「秘中の秘」の代物《しろもの》**。だから、本当に実在しているのかどうかもわからず、多くの謎に包まれているんだ。

調べてみると、三種の神器の所在地としては次のようになる。

・八咫鏡――伊勢神宮の内宮《ないくう》
・天叢雲剣（草薙剣）――熱田《あつた》神宮
・八尺瓊勾玉――皇居の「剣璽《けんじ》の間」

でも、二位尼時子が草薙剣と八尺瓊勾玉と共に壇ノ浦に入水し、草薙剣は見つからなかったんだから、実在しているのはおかしいよね。

実は、この時の剣はいわゆるレプリカ（といっても、ちゃんと儀式を経て神器として認められた物）であり、のちに改めて別のレプリカが伊勢神宮から与えられて事なきを得たという。つまり、なんだかんだいって実物はすべて現存している!?

一方で、前述のように後鳥羽天皇は三種の神器の継承なしで即位したことに一生コンプレックスを持っていたという話もあって、何が本当なのかよくわからない。

ともかく、レプリカでもなんでもいいけれど、天皇として即位する際には、この三種の神器を所持していることが、皇統の証《あかし》であるとされたのは事実だ。

「ジェットコースターのような人生」を生きた国母

建礼門院徳子《けんれいもんいんとくこ》（一一五五〜一二一四？）

ボクが思うに、**平徳子の人生は、まさにジェットコースターのよう**だったんじゃないかな。

位人臣を極めた平清盛と、桓武《かんむ》平氏宗家の娘である平時子との間に生まれ、平家が栄耀栄華を極める中で育った徳子。十七歳で高倉《たかくら》天皇に入内し、建礼門院の院号を称され、のちの安徳天皇を生んで国母となった。

ここまでが人生の上り坂。

ところが、夫の高倉院、父の清盛が相次いで亡くなり、源氏に追われて都落ちしたのち、「壇ノ浦の戦い」で平家一門は滅亡。母の時子は幼い安徳天皇を連れて入水してしまうという悲劇。

それを見て、建礼門院もあとに続こうと海に入ったものの、源氏方に見つかって、心ならずも助け上げられてしまった。

ここはとことん下り坂。最後はどん底まで叩き落とされた気分だったに違いない。

捕らえられた建礼門院は、先帝の母ということで罪には問われず、帰京したあと出家して尼になったんだ。そして大原の**寂光院**《じゃっこういん》に小さな庵《いおり》を結んで、安徳天皇と平家一門の菩提《ぼだい》を弔いながら静かに日々を過ごした。

上り下りのすべてを終えたのち、ジェットコースターがゴールへ向かう余韻《よいん》の時だ。

❁平家を滅ぼした首謀者、後白河院の大原御幸

気が付くと、「壇ノ浦の戦い」から一年が経っていた。

ある日、少人数のお供を連れただけのお忍びで、なんとあの**後白河院が大原にいる**

寂光院の庵で相対する建礼門院と後白河院
（長谷川久蔵、東京国立博物館）

建礼門院を訪ねてきた（大原御幸《ごこう》）。平家を滅ぼした首謀者ともいえる後白河院。いったいどの面《つら》下げて建礼門院に会おうというのだろう？

建礼門院は、後白河院の突然の訪問に驚き、呆然とする。そりゃそうだ。

自らの身を恥じて一度は泣きながらも、やがて気を取り直した建礼門院は、後白河院と対面して静かに語り始めたんだ……。

「今は悲しく辛いですが、後世の成仏《じょうぶつ》のためには、かえって喜びだと思っております。今は平家一門と安徳天皇の後世安楽をひたすら祈るばかりです」

さらに建礼門院は、平家一門の栄華や

国母となった自分の人生を振り返り、これ以上の果報幸福はあるまいと思っていたところに、突然起きた源氏との戦乱のなか、都落ちしていく哀れを語り始めた。

❀「阿修羅王と帝釈天の闘争」を見たような心地

「都落ちしてからの平家の境遇は、哀れという言葉だけでは語れないものでした。愛別離苦《あいべつりく》、怨憎会苦《おんぞうえく》、四苦八苦、すべての辛酸《しんさん》をなめ尽くし、西の海を流浪し、食べる物もなく、餓鬼道《がきどう》の苦しみを受けました。明けても暮れても戦いが続き、阿修羅王《あしゅらおう》と帝釈天《たいしゃくてん》の闘争とは、こうしたものかと思うほどの激しい日々でした。

そして壇ノ浦での戦いの最後、母の時子が我が子の安徳天皇を抱いて海に沈んだ時のことは忘れようとしても忘れられず、悲しみを忍ぼうとしても忍ぶことができません。時子は私に、『男が生き残ることは万に一つもないでしょうが、女は殺されないはずです。だから、貴女《あなた》は生き残って安徳天皇や平家一門の後世の冥福《めいふく》をお祈りください』と言い残しました。でも私は、二人のあとを追って入水しました。が、心ならずも助けられてしまいました。

その後、夢の中で竜宮城にいる先帝（安徳天皇）と一門の人々を見ました。夢の中で、『そこに苦しみはあるのでしょうか』と問いますと、『龍畜経《りゅうちくきょう》という経の中に苦が書かれています。私たちの苦をなくすために後世を弔ってください』という答えが返ってきました。

そこで私はいっそう経を読み、念仏を称えて、亡くなった人たちの菩提を弔っているのです」

❀寂光院の鐘が響き、『平家物語』はエンディングへ

これを聞いた後白河院は、

「三蔵法師《さんぞうほうし》が仏道修行の旅に出て、悟りを開く前に六道《ろくどう》を見たといいます。同じように貴女もご覧になったのでしょう。まことに珍しいことです」

と答えて涙にむせぶと、そこにいた全員がみな涙で袖を濡らした（ちなみに、六道とは、天道《てんどう》、人間道《にんげん》、修羅道《しゅら》、畜生道《ちくしょう》、餓鬼道、地獄道《じごく》のこと）。

そのうちに寂光院の鐘の音が響き、日が暮れたことを告げ、後白河院は名残《なごり》を惜しみながら、御所へと帰っていった。

建礼門院の詠んだ、次の歌を最後に、『平家物語』はエンディングに向かう。

いざさらば なみだくらべん 時鳥《ほととぎす》 われもうき世に ねをのみぞ鳴く

訳 さあそれならばお互いに涙を比べよう、時鳥よ。私もお前と同様この憂《う》き世に生きて、鳴（泣）いてばかりいるのだ。

建礼門院はやがて病気になり、念仏を称えながら静かに息を引き取った。その時、**西の空に紫の雲がたなびいて素晴らしい香りが室内に満ち、妙《たえ》なる音楽が空のほうから聞こえてきた**そうだ。

建礼門院が、安徳天皇や平家一門と極楽で再会したのを祝す音楽だったのかなぁ……。

❀「柴漬け」の命名者は建礼門院徳子

最後にトリビアを一つ。

「壇ノ浦の戦い」のあと、安徳天皇の母、建礼門院徳子が大原の寂光院に隠棲《いんせい》しているという噂は、瞬《また》く間《た》に近隣に知れ渡った。

村人たちは建礼門院を敬い、採れた夏野菜を次々に献上した。その数が多すぎて、ひと夏では食べ切れない。そこで阿波内侍《あわのないし》という侍従《じじゅう》が、その夏野菜と赤紫蘇《あかじそ》を塩漬けにして保存食にしたところ、あまりの美味しさに建礼門院は感激し、**「柴漬《しばづ》け」**と命名したと伝えられている。

七百年の時を超えて今も愛されている元祖「柴漬け」は、寂光院の前で売られているので、ぜひお買い求めください。

コラム

超有名&神業シーン!
那須与一が射抜いた「扇の的」

那須与一《なすのよいち》という名を聞くと、「ああ、あの弓の名人の!!」という反応がすぐ返ってくるくらい、『平家物語』の中で**那須与一が扇の的を射た場面**は有名だね。

元暦二年（一一八五）の**「屋島の戦い」**で、義経の奇襲によって追い立てられた平家は海に逃れ、勝負がつかないまま海と陸との睨み合いになった。

すでに日は西に傾き、海が夕日に輝き始めていたその時、平家方から、美しい衣をまとった若い女官を乗せた一艘の船が、岸に向かって近づいてきた。見ると、立てた竿《さお》の先に扇が付けられており、女官が陸に向かって手招きをしている。

「この扇の的を射てみよ」と誘っている様子。それは「真紅の地に金色の日の丸」が描かれた扇だった。

「馬鹿にするな!!　オレ様が自ら射落としてやるわ」とばかり、義経が前に出て射ようとしたんだけど、逆に敵に狙われ、射殺されるかもしれぬと制止された。

そこで、義経が、「あの扇を射落とせる者はおらぬか」と家来たちに問いかけたところ、挙がった名が那須与一だったんだ。

「空飛ぶ鳥も、三羽狙えば二羽は必ず射落とす名人です」

というので、与一を呼び出してみると、まだ二十歳そこそこの小柄な若者だった。与一は現在の栃木県那須郡の生まれ、名前の与一は「十に余る一」、つまり「十一男《じゅういちなん》」という意味だ。幼い頃から弓が達者で、その腕前を披露して兄たちや父を驚かせていたという。

❇扇の的まで七、八十メートル。果たして矢は当たるのか!?

義経は、与一に扇を射ることを命じた。与一は断ったんだけど、命令に背くなら鎌倉へ帰れ、と義経が許さない。

与一に選択の余地はなかった。射るしかない。

浜から扇の的までは、海に馬を進めてもまだ七、八十メートルある。しかも、すでに黄昏時《たそがれ》、北風も激しい。扇を乗せた船は波に揺られ、定まることはない。不可能に近かった。どうすればいい!?

与一は目を閉じ、祈った。

——南無八幡大菩薩《はちまんだいぼさつ》、願はくはあの扇のまゝなか射当させてたばせ給へ。

的を外せば自分のみならず源氏全体の恥。その時は、弓を折り、自害する。与一はその覚悟を決めた。

祈り終わって目を開いてみると、心なしか風が弱まった気がした。その刹那《せつな》、与一は弓を十分に引き絞り、狙いを定めて「ひょう」と矢を放ったんだ。

放たれた鏑矢《かぶらや》は、風を切り、あたり一帯に響く音をたてながら、長く鳴り続けて飛び、**見事に扇を射た**。

やった!!

射られた扇は空に舞い上がり、しばらくひらひらと舞って、やがて海に落ちた。

「真紅の地に金色の日の丸」が描かれた扇は、キラキラと夕日に照らされ、紅葉のように海上に舞い、波間に散ったように見えたという。

それを見た海の平家は船端を叩いて感嘆し、陸の源氏は箙《えびら》を叩いてどっと喜びの声を上げたという――とても戦の最中の話とは思えないね。

この「扇の的」は平家の戦占いだった。的を見事射落とせば源氏の勝ち、射そこなったら平家の勝ち、というわけだ。

そして、この「屋島の戦い」は源氏の勝ちに終わった。**那須与一が見事扇を射落としたことが神に通じた**んだろうか。

4章

源氏の武士たちもまた「風の前の塵」に同じ？

……義仲、義経、頼朝

——弓矢を取る者の哀しさ

4章 登場人物略系図

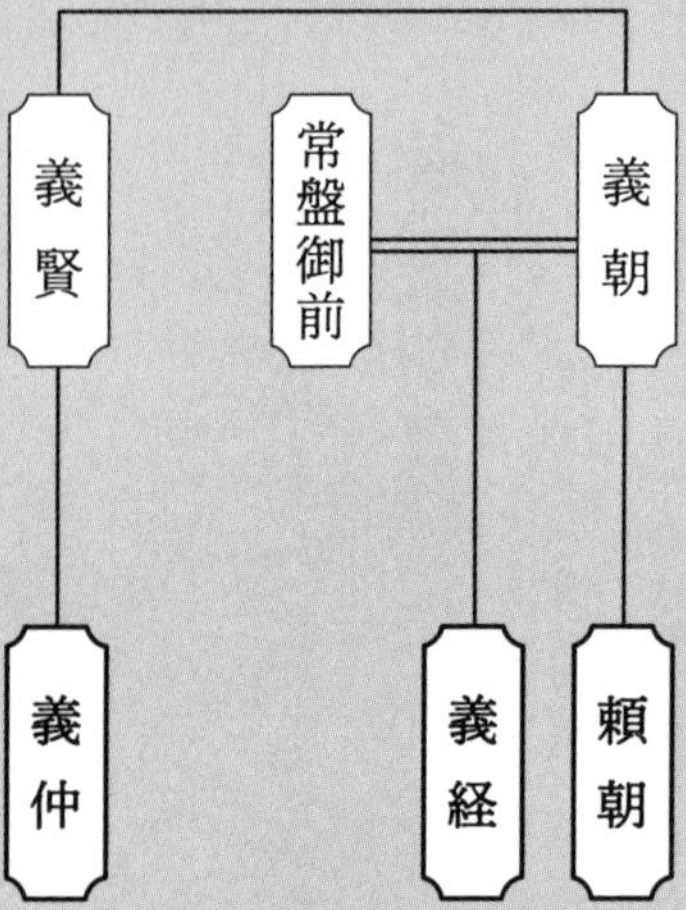

乱暴狼藉の田舎者か、家来思いの人情家か

源《みなもとの》 義仲《よしなか》（一一五四〜一一八四）

近代の文豪、芥川龍之介《あくたがわりゅうのすけ》が、まだ東京府立第三中学校（現在の都立両国高校）に在学していた時に書いた論文がある。「木曾《きそ》義仲論」という、義仲愛にあふれた三万字にも及ぶ大作だ。

その中にある次の一節が、義仲の人生を見事に言い当てているんだ。

彼の一生は失敗の一生也《なり》。彼の歴史は蹉跌《さてつ》の歴史也。彼の一代は薄幸の一代也。然《しか》れども彼の生涯は男らしき生涯也。

芥川をして「失敗の一生也」、でも「男らしき生涯也」と言わしめた義仲の人生を追ってみよう。

義仲は、のちに鎌倉幕府を開いた源頼朝《よりとも》や、牛若丸《うしわかまる》の愛称で知られる源義経《よしつね》と従兄弟の関係にあたる。でも、幼い頃に義仲の父義賢《よしかた》が、頼朝の父義朝《よしとも》と対立して義朝の子の義平《よしひら》（悪源太《あくげんた》）に殺されているので、同じ源氏でも仲がよくない。このことはいずれ大きな火種となっていくんだ。

父の義賢が殺された時、義仲はまだ二歳。義仲も殺されるはずのところをこっそり助けられ、木曾（現在の長野県）の中原兼遠《なかはらのかねとお》（乳母父《めのとと》）のもとで育てられた。そこから別名**「木曾義仲」**とも呼ばれるようになった。こっちの名前のほうが有名だよね。

義仲は幼い頃から武芸を磨き、いつ戦が起きてもいいように鍛え上げて雌伏の時を過ごしていた。

治承四年（一一八〇）、平家の独裁ぶりに不満を抱いていた以仁王《もちひとおう》（後《ご》白河《しらかわ》院の皇子）が平家追討の令旨《りょうじ》を全国に出した時、頼朝が伊豆で挙兵したのに続いて、義仲も信濃（現在の長野県）で兵を挙げた。

時に義仲二十六歳。満を持しての挙兵だ。一日も早く平家を滅ぼし、頼朝と並んで「日本国に義仲あり」と示したい一心だった。オレ様、やるぜっ!!

❀「倶利伽羅峠の戦い」で大勝利

義仲は北陸での勢力を強めたあと、加賀《かが》（現在の石川県）と越中《えっちゅう》（現在の富山県）の国境《くにざかい》、**倶利伽羅峠《くりからとうげ》で平家軍と激突**した。義仲軍四万に対し、平家軍は十万の大軍。まともに戦えば勝ち目はない。

しかし、倶利伽羅峠は山岳地帯。木曾の山育ちの義仲としては得意とする地形。そこで一計を案じたんだ。

平家軍をわざとじらしながら日中は戦いをせず、その間に四万の兵のうち一万を密かに平家軍の背後に回らせた。そして断崖近くで夜襲をかけさせ、それに合わせて前からも鬨《とき》の声を上げながら攻め込ませる戦法だ。

義仲軍の声は、山も川も崩れるほどに大きくこだましました。

大音響に驚いて我先にと逃げ出す平家軍は、唯一敵が攻め寄せてこない方向、南側

倶利伽羅峠の源平供養塔。この地で多くの平家の兵が命を落とした

の倶利伽羅谷へと馬を走らせた。

真っ暗な中、前を進む者の姿が見えないので、この先に道があるに違いないと信じてどんどんあとに続く平家の兵士たち。ところがその先は断崖絶壁。前の兵士たちは進んでいたのではなく、谷底へと落ちていたのだ。

暗闇の中、平家軍は味方に押し出されるような形で次々と谷底に落ち、累々たる人馬の死体の山を築いた。義仲の作戦勝ちとはいうものの、残酷極まりないシーンだ。

一夜にして平家十万の大軍は三万にまで減ってしまったといわれている……。

ちなみにこの倶利伽羅峠の戦いについて、『源平盛衰記《げんぺいせいすいき》』には、義仲軍が数百頭の牛の角に松明《たいまつ》を付けて敵に向けて放つ**「火牛《かぎゅう》の計《けい》」**という策略を用いた有名な場面が描かれているけれど、『平家物語』には語られていない。

❀入京して「朝日将軍」となるも……

戦いに大勝した義仲は京を目指し、途中、比叡山延暦寺《ひえいざんえんりゃくじ》にも平家打倒を強引に同意させ、平家にさらに圧力をかける。平家はなすすべなく、安徳《あんとく》天皇と「三種の神器」を奉じて西国へと都落ちしていくしかなかった。

意気揚々と**無血入京**を果たした義仲は、傲慢な平家を都から追い出してくれたヒーローとして都の人々から迎えられ、**「朝日将軍」**と呼ばれることになる。ライバルの**頼朝よりも先に都入りした義仲は、得意の絶頂**だった。オレ様、やったぜ!!

ところが当時の都は飢饉で多くの人が餓死し、道端には無数の死体が放置されている地獄絵図の状況だった。そこに戦で疲れ切った数万の義仲軍が流れ込んできたんだからたまらない。深刻な食糧不足ゆえ兵士たちは暴徒と化し、民家に押し入って強盗を働き、道行く人を襲って略奪を始めてしまったんだ。

都の人たちは、「こんなことなら平家のほうがマシだった。平家は着物までは剝《は》いでいかなかった」と嘆くことに……。

それに対して義仲は、「これくらいの略奪、仕方ないだろ?」と放置。だってオレ様は朝日将軍だし……。でも、こうした状況を見かねた後白河院が、義仲に助けられた恩も忘れて、田舎者め~と、義仲を忌み嫌うようになっていったんだ。

❀京の都でクーデター! 頼朝、義仲追討に動く!

後白河院は、義仲を都から追い出すために、わざと**義仲に「平家追討」の命令を出して**西に向かわせ、その間にすかさず**頼朝に「義仲追討」の命令を出した**。さすが後白河院、策士だね~。

裏切られたことに気が付いた義仲は急いで都に戻り、クーデターを起こして院を拘束。大臣や公卿、殿上人たちの官職を奪って政権を掌握した。そして、天台座主《てんだいざす》の明雲《みょううん》を殺害し、その首を川に投げ捨てたり、討ち取った首六百三十余りを六条河原に並べて鬨の声を上げたりと、やりたい放題の野蛮ぶり。

京での義仲の狼藉を、遠く鎌倉の地でじっと伝え聞いていたのが頼朝だった。義仲が暴走している今こそチャ～ンス！　異母弟の義経と範頼《のりより》に義仲討伐の命令を下した。

「頼朝vs義仲」いずれ雌雄《しゆう》を決しなければならない関係ではあったけど、戦う前に勝負はついていた。義仲討伐軍が都に迫ってきた時、義仲軍はたった七千の兵になっていた。入京時の五万の大軍は、都での食糧不足と義仲の乱暴狼藉ぶりに嫌気がさして、どんどん兵士が逃げていなくなっていたんだ。どうする、オレ様!?

追い詰められた義仲は、平家との和睦《わぼく》工作や、後白河院を伴っての北国《ほっこく》下向を模索したもののどれも果たせず、**「宇治川《うじがわ》の戦い」**でついに敗北してしまう。頼朝軍が全力で義仲を捜す中、義仲はたった十三騎で逃走していた。

実はこの時、義仲は必死で**今井兼平《いまいかねひら》**という人物を捜していたんだ。兼平は**「義仲四天王《してんのう》」**と呼ばれた義仲の忠臣の一人で中原兼遠の子。義仲の乳母子だった人物。つまり乳兄弟《ちきょうだい》だった二人は、幼い頃から一緒に育ち、強い絆で結ばれ、

「死なば一所で死なん」（＝死ぬ時は一緒だ）と固く誓い合っていた仲だった。どこにいる兼平!!

義仲はやっとのことで琵琶湖のほとりで兼平と再会し、固く手を握り合って互いの無事を喜んだ。そして、二人で次々と敵を倒していく。

とはいっても多勢に無勢、義仲の手勢《てぜい》は、ついにたったの五騎になってしまった。その五騎の中に残っていたのが、音《おと》に聞こえた**女武者の巴御前《ともえごぜん》**だったんだ。

✿愛妾であり戦友、巴御前との別れ

巴御前は、義仲の愛妾《あいしょう》であり戦友でもあった。『平家物語』の中では「木曾最期」の章段だけに登場し、次のように描写されている。

「巴御前は色が白く髪は長く、器量が非常に優れている。めったにない強弓《こわゆみ》を引く精鋭の兵士で、馬上でも徒歩でも、刀を持っては鬼でも神でも相手にしようという一騎

当千の兵士である」

巴御前は幼少より義仲と共に育ち、男勝りの性格と抜群の戦闘能力を買われ、義仲のよき稽古《けいこ》相手だった。義仲に憧《あこが》れ、そして大好きで尊敬していた。だから義仲が妻を迎えても嫉妬することなく義仲に想いを寄せ、常に義仲のそばを離れず、大力《だいりき》と強弓《つよゆみ》の男勝りの女武者として義仲に付き従って戦いに臨んでいた。

今や五騎となったその中に、巴御前は残っていた。討たれていなかったのだ！　やるな、さすが巴御前!!

巴御前はさながら
「平安の男装の麗人」だった

死を覚悟した義仲は、巴御前に向かって叫んだ。

「お前は女だから咎められまい、早くどこへでも逃げていけ。

『義仲は最期に女を連れていた』などと言われるのは本意ではないのだ」

最後まで一緒に戦いたい……。でも愛する義仲様がそう言うのであれば！

「あッぱれ、よからうかたきがな。最後のいくさして見せ奉《たてまつ》らん」

訳「ああ、よい敵がいるといいなぁ。最後の戦いをお見せ申そう」

と願っていたところに敵方が現われたので、巴御前は敵に向かっていった。そして、大力と評判の敵の大将と馬を押し並べ、むんずと摑んで引き落とし、首をねじ切って投げ捨てると、自らの鎧などを脱ぎ捨ててその場から姿を消した。

なんとも絵になるカッコよさだ。

❁「義仲の最期」と「日本一の剛の者」の自害

巴御前が去り、ついに兼平と二人になった義仲は、最後まで戦いを続けようとしたんだけど、

「これほど日本国で有名になった木曾殿が、無名の雑兵《ぞうひょう》に討たれるのは無念でなりません。どうか、あの松原で自決してください」

と、兼平が必死に言うのに負けて、仕方なく松原に向かって馬を走らせたんだ。

しかし、運悪く馬の足が深田のぬかるみにはまってしまった。ヤバい、オレ様!!

どうあがいても身動きが取れなくなった義仲が、「兼平は大丈夫だろうか」と振り向いた瞬間、強く放たれた敵の矢がどこからか飛んできて、義仲の額《ひたい》を無残にも貫いてしまった……。

時に、寿永三年（一一八四）年一月二十一日、とても寒い日のことだった。義仲、享年三十一。

敵の兵士が、「木曾殿の首を取ったぞー!!」と名乗る声が聞こえると、獅子《しし》奮迅《ふんじん》の戦いを繰り広げていた兼平は、戦うのをやめた。そして、

「これをご覧なされ、東国の殿《との》ばらよ。日本一の剛の者が自害する手本よ」

と言って、刀の先を口にくわえると、馬から飛んで真っ逆さまに落ち、刀に貫かれて絶命した。実に壮絶な最期だ。

❀義仲を尊敬する松尾芭蕉

義仲は、「乱暴者」「田舎者」などと散々な評価を受けてしまったけど、それは時の権力者の頼朝と対立し、敗れたために悪い話ばかりが伝えられたからなんだ。

義仲を最後まで守ろうとした兼平や巴御前のエピソードを知ると、彼が身近な人たちから、いかに愛されていたかが伝わってくるよね。

後世《こうせい》では、冒頭で紹介した芥川龍之介のほかにも、かの**松尾《まつお》芭蕉《ばしょう》が義仲に強く心惹《ひ》かれた一人**として有名だ。

芭蕉は、自分の亡骸《なきがら》を義仲の隣に埋めるようにと遺言した。そして遺言通り、芭蕉は滋賀県大津の義仲寺《ぎちゆうじ》に葬《ほうむ》られているんだ。

義仲の死から五百年以上経った元禄《げんろく》四年（一六九一）一月、芭蕉が義仲の墓の前で詠んだといわれている句があるので紹介しておくね。

木曾の情《じょう》　雪や生えぬく　春の草

訳　義仲の墓前に積もった雪を貫いて、春の草が芽を出している。それは、ちょうど今ぐらい寒い季節に最期を迎えた木曾義仲の情念を知っているかのようだ。

なお、落ち延びた巴御前は、鎌倉へ下って鎌倉幕府の初代侍所《さむらいどころ》別当《べっとう》の和田《わだ》義盛《よしもり》の妻となり、その後、出家して九十一歳で生涯を終えたという話が伝わっているけれど、これは後世の創作だとされている。

メモ

田舎者扱いされた義仲…「倶利伽羅峠の戦い」で平家軍を打ち破った義仲は「朝日将軍」と呼ばれ、一躍ヒーロー気取りだったけど、**田舎育ちで無骨《ぶこつ》、無知なうえに不作法**なこと極まりなかった（でも、見た目は「清《きよ》げなる人」だったらしい）。

しかも、当時の都は飢饉で、数万の義仲軍を養うには食糧が不足。飢えた兵士たちは暴徒と化し、食べ物と戦利品ほしさに略奪や乱暴狼藉の限りを尽くし、都人を恐怖に陥れた。

見かねた後白河院が、義仲のもとへ交渉役として派遣したのが、後白河院の近臣として活躍した**「猫間《ねこま》中納言」**こと藤原光隆《ふじわらのみつたか》だった（「猫間」と呼ばれた理由は、光隆が住んでいた七条坊城壬生《みぶ》が「猫間」と呼ばれた時期があったため）。

家臣から猫間中納言の来訪を知らされた義仲は、「猫が人に会いにきたというのか？」と大笑い。家臣が慌てて「いえ、この方は『猫』ではなく『猫間』中納言という立派な公卿でいらっしゃいます」と言うと、それならばと、会うことになった。

でも、対面した義仲はあくまで「猫間殿」とは呼ばず、「『猫殿』がいらっしゃったのだから、食事の用意をしろ」と失礼な物言いをした。それを聞いた猫間中納言は、「今は食事時ではないので」と固辞《こじ》するも、義仲は聞く耳を持たない。

この時代、貴族の食事は朝と夕の二食だったんだけど、田舎育ちで屈強な義仲は、お腹がすくので朝昼晩の三食だった。猫間中納言が訪れた昼の頃は、義仲にとってはちょうど飯時だった。

都では、新鮮で塩漬けされていない魚介類を「無塩《ぶえん》」と呼んでいたんだけど、**義仲は新鮮なものはすべて「無塩」と呼ぶと思い込んでいた**ので、「無塩の平茸《ひらたけ》があるはずだから、早く持ってこい」とせかした。運ばれてきたお膳には、田舎風の大きな椀に山盛りの飯、おかず三品に平茸の汁がのっていた。

猫間中納言が、お椀が汚らしく感じて手を付けられずにいると、義仲が「それは義仲が仏事に使う椀ゆえ遠慮せずにお食べください」と勧めてくる。猫間中納言は、まったく食べないのも具合が悪いと思って、箸を取って食べるふりをした。

それを見た義仲は、「猫殿は小食でいらっしゃるよ。残さずお食べください」と責め立てたので、猫間中納言は後白河院から頼まれていたことをひと言も言い出せず、そのまま急いで逃げ帰ってしまったんだ。

ほかにも義仲の田舎者ぶりを示す、こんなエピソードが書かれている。

義仲が御所に出仕《しゅっし》しようとした際、官位が進んだ者が武士常装の直垂姿で出仕するのも相応《ふさわ》しくないだろうと思い、狩衣《かりぎぬ》を取り寄せて初めて着てみた。

日頃着慣れていないので、頭のてっぺんの烏帽子から指貫《さしぬき》の袴《はかま》まで、**貴族の姿は義仲にはまったく似合わない**。馬子《まご》にも衣裳というけれど、義仲には当てはまらなかったようだ。

それでも、義仲はその姿のまま体をかがめてなんとか牛車《ぎっしゃ》に乗り込んだ。その牛車はもともと平家の所有だったんだけど、しばらく使われたことがなかった。久しぶりに車を牽《ひ》くことになった牛は、門を出る時にひと鞭《むち》当てられて興奮したのか、一気に走り出した。ンモーーーー!!

その勢いにたまらず、**義仲は車の中で仰向けに倒れてしまった。**蝶が羽を広げたように左右の袖を広げてばたばたして起きようとしたものの、起き上がることができず慌てふためいた。車副《くるまぞい》（牛車の左右に付いて供奉《ぐぶ》をする者）から牛車の中の手すりを掴むよう教えられて、やっとのことで身を起こした義仲だった。

さらに御所に着くと、義仲は車の後ろから降りようとする。作法では、乗る時は後ろから、降りる時は前から降りるのだけど、義仲は、「車だからといって素通りはよくない」と勝手な理屈を並べ立て、作法を無視して後ろから降りてしまった。

「このほか滑稽《こっけい》なことは多かったが、世間では義仲を恐れて何も語らない」

……とまあ、『平家物語』では、さんざん田舎者扱いされた義仲だった。

軍神のごとく「戦えば必ず勝つ」男

源《みなもとの》　義経《よしつね》（一一五九〜一一八九）

源平合戦において源氏の勝利に最も貢献したのは、間違いなく**源義経**だ。

「一ノ谷の戦い」における「鵯　越《ひよどりごえ》の逆落《さかお》とし」、大波風の中の決死の船出、「屋島《やしま》の戦い」での奇襲、そして源平最後の決戦、「壇ノ浦《だんのうら》の戦い」。

どの戦も**軍神のごとき義経あっての勝利**なんだ。

それなのに、義経は異母兄の頼朝によって追われ、最後は討たれてしまう。

どうしてなんだろう？

実は『平家物語』での義経の登場は、全十三巻のうち後半の八巻からで、そこから獅子奮迅の活躍をしたのち、わずか二年後には忽然《こつぜん》と姿を消しているんだ。

ここでは『義経記《ぎけいき》』『源平盛衰記』『吾妻鏡《あずまかがみ》』など、ほかの書物によって補いながら、義経の人生を追っていくことにしよう。

✿清盛の妾になって義経を助命した母、常盤御前

源義経は**源義朝の九男**で、頼朝の異母弟にあたる。頼朝より十二歳下だ。
義朝の側室だった母の**常盤御前《ときわごぜん》**は、絶世の美女。近衛《このえ》天皇の中宮《ちゅうぐう》の雑仕女《ぞうしめ》を採用する際、千人の中から一人だけ選ばれたという、知性と美貌を兼ね備えた女性だったんだって。ちょっと見てみたい気がするよね。
のちに義朝に見初《みそ》められて側室となり、三人の息子を生んだ。そのうちの一人が牛若丸こと義経なんだ。
「平治の乱」で義朝が敗死した際、常盤御前は「息子たちを殺すなら、先に私を殺してください」と、身を挺《てい》して平清盛《たいらのきよもり》に子供の助命を嘆願した。

美女に弱い清盛は、常盤御前が自分の妾《めかけ》になることを条件に、その願いを聞き届けた。

この話が本当だとしたら、**清盛は色香に迷い、将来に大きな禍根を残してしまった**ことになる。「英雄色を好む」とはいうものの、その代償はあまりに大きかった!!

❀頼朝と義経――涙の兄弟再会

まだ三歳だった牛若丸は、京都の北方守護の寺として有名な鞍馬寺《くらまでら》に預けられ、**「遮那王《しゃなおう》」**と名乗る。

天狗《てんぐ》に剣術を習った、という伝説もあ

るほど武芸に励んだ義経は、五条の大橋で出会った武蔵坊弁慶《むさしぼうべんけい》を家来にするなど立派な若武者に育ち、元服後は奥州《おうしゅう》の**平泉**《ひらいずみ》（現在の岩手県・平泉町）**の藤原秀衡**《ひでひら》を頼って下向した。そこでも馬術などを磨きながら、源氏再興のチャンスをひたすら待っていた。

チャンスは意外に早く訪れた。治承四年（一一八〇）八月、**以仁王の令旨を受けて兄頼朝が挙兵した**ことを聞いた義経は、黄瀬川《きせがわ》の頼朝の陣（現在の静岡県駿東郡《すんとう》）にはせ参じたんだ。

この時、頼朝は三十四歳、義経は二十二歳。立派に成長した姿を互いに確認し、涙を流しながら対面を果たす二人。特に義経にとっては、兄頼朝は心から尊敬する源氏の棟梁だったから感動もひとしおだ。

❀「宇治川の戦い」に勝利して義仲を撃破

その三年後、頼朝が京にいる義仲の狼藉を鎮めようと、義経に義仲討伐を命じた。

義経は、兄の範頼と共に多数の軍勢を引き連れて上京する。

有名な**「宇治川の先陣争い」**（171ページ参照）はこの時のことだ。

先陣に続けとばかり源氏勢が大挙して宇治川を渡り、義仲軍をあっという間に蹴散らして義仲を討ち取ってしまった。頼朝の命とはいえ、義仲は義経の従兄《いとこ》にあたる。

こうした**血で血を洗う一族内での争いは、平家にはない**ものだ。

さらに、都落ちした平家を追う義経は、**「鵯越の逆落とし」**（116ページ参照）という奇策を使って、「一ノ谷の戦い」で大勝したんだ。

意気揚々と京に戻った義経。後白河院から従五位下《じゅごいのげ》の位を受け、検非違使《けびいし》（警察と裁判所とを兼ねた職）の「判官《はんがん》」を任じられたので、「九郎判官」（義朝の九男で判官）と呼ばれることになったんだね。

❀「攻めて勝つことこそ最上！」大波の中の船出

その後、後白河院から平家追討の院宣を賜った義経だが、ここで問題が生じた。

平家軍と戦うには海上戦が必須なんだけど、平家はそれを得意としたのに対して、源氏軍は不慣れだったんだ。そこで**義経と梶原景時《かじわらかげとき》は、船に「逆櫓《さかろ》」を付けるか付けないかで激論**になった。

「逆櫓」っていうのは、戦いが不利になった時に船をバックさせるために船尾に付ける「櫓」のことで、景時はいざという時のために逆櫓を付けようと提案した。

ところが義経は、「戦う前から逃げ支度《じたく》をするなんて不吉だ。私は絶対に付けない」と断固反対。これに対して景時も引かず、「攻めることだけをよしとするのは、『猪武者《いのししむしゃ》』に過ぎない馬鹿だ」と反論したんだ。「馬鹿」と呼ばれた義経は、怒り狂った。

「猪だか鹿《かのしし》だか知らないが、戦いはひたすら攻めに攻めて勝つことこそ最上だ」

と叫ぶや、北風吹きすさぶ危険な夜、命を惜しむ船頭たちを脅迫（?）して、阿波（現在の徳島県）へ向かって船を走らせたのだった。

不可能を可能にするのは、義経の得意技。

事実、普通なら阿波の勝浦まで**三日かかる船路を、わずか六時間（！）で到着**。さらに馬を走らせ、たった二日で四国山脈を越えて一気に平家のいる屋島（現在の香川県高松市）に攻め入った。

まさか義経軍がこんなに早く屋島に出現するとは思っていなかった平家軍は、義経の数十騎の軍勢を見て、びっくり仰天。大軍が押し寄せてきたと勘違いして慌てて船に乗って逃げ出したんだ。水鳥の羽音に驚いて逃げた「富士川の戦い」を彷彿《ほうふつ》とさせるシーンだね。

二日続いた**「屋島の戦い」**は義経の勝利に終わった。すべてが終わったあとに、やっと景時率いる「逆櫓」を付けた船が到着したんだから、景時としては立つ瀬がない。大恥をかかされた景時は、義経に深い恨みを抱くことになる。このことが、のちに命取りになるとは、この時の義経は知る由《よし》もなかった。

❀平家最強の教経を「八艘跳び」でかわす

屋島から追い落とされた平家は、知盛《ともも り》の領地である関門海峡の彦島へと逃げた。でも、平家全滅を企図《きと》する義経は、執拗《しつよう》に平家軍を追い詰める。

そして元暦二年（一一八五）三月二十四日。壇ノ浦（現在の山口県下関市）で源平最後の決戦が行われることになった。「海の平家、陸の源氏」といわれるように、海上での戦いでは平家に一日《いちじつ》の長がある。そこで義経は準備を十分に整え、作戦を練って戦いに臨んだんだ。

この戦いの中、**平教経《のりつね》**（清盛の甥《おい》っ子）は、雑魚《ざこ》など相手にせず、敵の大将の義経と戦おうと源氏の船から船へと乗り移り、ついに義経を見つけて飛びかかった。

ところが義経は、平家最強の武将と称される教経との対戦を避け、組まれたらかなわぬとばかり、ひらりと体をかわすと隣の船に跳び移り、次から次へと八艘も跳び移ったんだ！

これが有名な**「義経の八艘跳び」**。

見ようによっては、ただ逃げているだけだが、それもご愛敬。その昔、京の五条大橋で武蔵坊弁慶と戦った時も、欄干《らんかん》伝いに跳躍して勝ったのだから、身の軽さは義経の十八番《おはこ》のようだ。

そんなこんながありながら、「壇ノ浦の戦い」で**平家一門は全滅**。

壇ノ浦近くにある「義経の八艘跳び」の銅像

清盛の三男宗盛《むねもり》とその息子（清宗《きよむね》）だけは捕らえられて捕虜となった。

❀「梶原景時の讒言」と頼朝への「腰越状」

平家を全滅させた義経は、意気揚々と宗盛父子を連れて鎌倉へ向かった。尊敬する兄の頼朝はきっと自分を褒めてくれるに違いない!!

ところが、義経のその期待は見事に裏切られることになる。宗盛親子を受け渡すと、義経は鎌倉の入り口まで追い返されてしまったんだ。キョトンとする義経。え？　どういうこと!!

実は先回りしていた**梶原景時**が、**「義経に謀反の下心あり」**と頼朝へ**讒言**《ざんげん》していたのだ。

やることがあきれるほど卑怯な景時……。

そもそも頼朝は、義経の活躍と高まる名声に対して苦々しく思っていた。また、義経が棟梁である自分の許可もなく、勝手に後白河院から高い官位をいただいたことも気に入らず根に持っていたんだ。プ、プライド高いね。

景時は景時で、義経とは日頃から犬猿の仲。さらに「逆櫓」の件で大喧嘩《おおげんか》したうえ、「屋島の戦い」で大恥をかかされている。頼朝の義経への猜疑心《さいぎしん》をうまく利用して、義経を追い落とそうとしたんだ。いつの時代にもこういう嫌な人はいるもんだな。

その結果、頼朝は義経と会うことを拒否した。

この思わぬ事態に戸惑い、困り抜いた義経は、頼朝の側近の有力者大江広元《おおえのひろもと》に、頼朝への嘆願書を渡した。世にこれを**「腰越状」**《こしごえじょう》という（腰越とは、鎌倉入りを禁じられた義経が留まっていた地の名前）。

これは、兄の頼朝を裏切るつもりなど毛頭ないという思いを切々と書き記したものだったんだけど、頼朝の不信を拭《ぬぐ》い去ることはできなかった。ううっ……命がけで戦ってきた義経の無念を思うと涙が出る……。

結局、義経は頼朝と和解できぬまま、宗盛父子を連れての上洛《じょうらく》を命じられた。途中、宗盛父子は処刑された。

❀奥州平泉へと落ち延びる

景時の讒言を信じた頼朝は、義経を敵とみなして暗殺をもくろみ、刺客《しかく》を送り込んだけど、義経によって返り討ちにあう。がんばれ義経！

窮地を脱しようとした**義経は、後白河院に嘆願して、「頼朝追討」の院宣**を受ける。もはや骨肉の争いに突入だ。でも、頼朝の大軍が攻め上ってくるという噂を聞いた義経は、ひとまず都落ちして西国で力を蓄えることにした。

ここで義経に従ったのはわずか五百余騎。大物浦《だいもつのうら》（現在の兵庫県尼崎《あまがさき》市）から船出したものの、激しい風で住吉浦《すみよし》（現在の大阪市住之江区）に打ち上げられてしまう。これも平家の怨霊の祟《たた》りか……。

それに追い打ちをかけるように、**後白河院が今度は「義経追討」の院宣**を出す。

「頼朝追討」の院宣からわずか六日のちのことだ。卑怯なり、後白河院！

後白河院としては、誰が勝とうが負けようがどうでもよかった。勝ち馬に乗って最終的に自分の思い通りに世を動かせればいいだけだったんだ。後白河院は、**義経と最初に会った時、この男は愚直な性格ゆえ意のままに操れる**、とほくそ笑んだくらいだ。

さすが頼朝から「日本国第一の大天狗」と呼ばれただけのことはあるね。煮ても焼いても食えない男、いや、もともとこんな人、食いたくはないけれど。

義経一行は、追いに追われて吉野山や奈良などを転々としたあと、また都に戻り、山伏姿に身をやつして北陸経由で少年の日々を送った奥州平泉へ落ちていった。

『平家物語』では、ここで義経の消息は杳《よう》としてわからなくなる。

歌舞伎の『**勧進帳**《かんじんちょう》』では、平泉に向かう途中の安宅関《あたかのせき》（現在の石川県小松市）において、弁慶の機転で危機を切り抜ける有名なシーンがあるけど、『平家物語』には描かれていない。

❈「弁慶の立ち往生」と義経の自害

義経はどこに消えたんだろう？

『義経記』は、次のように義経の最期の様子を記している。

やっとたどり着いた平泉は終生《しゅうせい》の安息の地ではなかった。少年時代に庇護者《ひごしゃ》だった**藤原秀衡**が亡くなると、息子の**泰衡**《やすひら》は頼朝の圧力に屈して義経を討つことにした。

泰衡の手勢五百騎に対して、義経主従はわずか十数騎。みな勇敢に戦ったけれど、次々に討ち死にしていく。

残るは弁慶一人。といっても、弁慶は縦横無尽に斬りまわる無双《むそう》状態だったので、恐れをなして正面から立ち向かう者は誰一人いない。

その代わり、**無数の矢が弁慶を襲った**。

鎧に刺さった、黒羽《くろは》・白羽《しらは》・染羽《そめは》など色とりどりの矢羽根が、秋風になびく薄《すすき》の穂のように見えたという。

立ったまま全身に矢を受け、金剛力士《こんごうりきし》像のように仁王立《におうだ》ちする弁慶。

この時、実は弁慶はすでに事切れていた。壮絶な立死《たちじに》、いわゆる**「弁慶の立ち往生《おうじょう》」**だ。泣ける……。カッコよすぎだよ、弁慶！

弁慶が討たれたことを知った義経は、戦うことをやめ、持仏堂《じぶつどう》に籠もり、妻と幼い子を殺したのち、自害して果てたという。

「早く邸に火をかけろ。敵が近づくぞ」

これが義経の最期の言葉だった。享年三十一。

『平家物語』を愛した松尾芭蕉が、義経最期の地である平泉の高館《たかだち》（衣川館《ころもがわのたち》、判官館《ほうがんだち》とも）を訪れて詠んだ有名な句がある。

夏草や　兵《つわもの》どもが　夢の跡

悲劇のヒーロー義経に同情する気持ちから、立場の弱い人や敗者に同情を寄せる**「判官贔屓《ほうがんびいき》」**という言葉が生まれた。

「判官」とは、義経が任じられた検非違使での職が通称「判官」にあたるため。「判官」は官名としては「はんがん」だけど、義経だけは古くから「九郎ほうがん」と呼ばれてるよね。特に、歌舞伎では「ほうがん」と読むんだ。

その判官贔屓の人々の、夢と希望に満ちた伝説がある。

実は義経は死んでなくて、北に逃れて蝦夷《えぞ》（北海道）から大陸に渡り、チンギス・ハーンと名を変え、モンゴル帝国を築いたというのだ。

「義経＝チンギス・ハーン（成吉思汗）」

荒唐無稽《こうとうむけい》と笑うなかれ。のちのシーボルトや林羅山《はやしらざん》・新井白石《あらいはくせき》も支持したこの伝説は、大正時代に牧師でアイヌ研究家の小谷部全一郎《おやべぜんいちろう》が『成吉思汗ハ源義経也』を公刊するに及んで広く受け入れられていった。ボクもそれを信じたい一人だ。

メモ

宇治川の先陣争い…義経を死に追いやる原因となった讒言をした梶原景時は、ヒール役として不人気だけど、その息子に景季《かげすえ》という人がいた。

若武者の**梶原景季**は、頼朝の所有していた当世第一の名馬「**いけずき**」（**池月、**

生食）に憧れた。「いけずき」は前足の蹄《ひづめ》から肩の高さが「四尺八寸」（百四十五センチメートル）、今の馬より小型だけど、気性が荒く力が強かった。いつかこの名馬に乗って出陣し、手柄を立てたい——そう思った景季は、「いけずきを、どうか私にください」と頼朝に申し出たけど断られた。代わりに与えられたのが「**するすみ**」（**磨墨**）という、これもまたなかなかの名馬だったんだ。

ところが、である。義仲追討の戦いに参加した景季は、「いけずき」にまたがっている**佐々木高綱**《ささきたかつな》を見つけて、衝撃を受けた。「あれほど自分がほしかった馬をなぜ高綱が……」。直情径行《ちょくじょうけいこう》型の景季は、高綱と刺し違えて死んでやろうと思った。たかが馬ごときで、と笑うなかれ。景季は本気だ。

鬼気迫る形相の景季に気が付いた高綱は、その気持ちを察してとっさに嘘をついた。「この名馬がどうしてもほしかったから、頼朝殿から盗んじゃったんだよ」と。それを聞いた景季は、「なーんだ、それならオレもそうすればよかった」と大声で笑ってその場を去った。単純な奴……。

さて、二人が参加した義仲追討軍だけど、宇治川まで到着した時、足留めを食らってしまう。義仲が、宇治橋の橋板を引き外し、川底には杭《くい》を打って綱を張るなど、宇治川を渡らせない工作をしていたのだ。ちょうどその頃は、山や谷の雪が溶けて川の水が増し、流れが逆巻くほどの勢いだったこともあって、簡単には渡れない。

義経が激流を見渡し、「回り道をすべきか、ここにいて川の流れが弱まるのを待つべきか」と迷っていた時、武者二騎が馬を激しく駆りながらやってきた。

「我こそ先陣を切って一番乗りを果たしたい」

その思いに駆られた景季と、高綱の若武者二人だ。

二人は前へ前へとはやる気持ちしかない。後先《あとさき》など考えず、川に向かった。

景季のほうが少し先行していたのだけど、後ろから来た高綱が、「この川は西国一の大河ですぞ。馬の腹帯が弛《ゆる》んで見えます。危ないから、お締めなさい」と言ったので、その言葉を（ここでも単純に）信じた景季が馬の腹帯を締め直しているすきに、高綱が宇治川にざざっと馬を入れた。

「卑怯!!」と思うかもしれないけど、実は**高綱には、負けられない事情があった。**

名馬「いけずき」を頼朝から賜った時、「宇治川で佐々木高綱が死んだとお聞きになりましたら、誰かに先を越されて自決したものとお思いください。命にかけても『いけずき』と共に先陣を切ってみせます」と、頼朝に啖呵《たんか》を切っていたんだ。

一杯食わされたと悟った景季は、負けじと慌てて馬を川に入れた。しかし、高綱の乗っていた馬は当世第一の「いけずき」。速い川の流れにも負けず、一直線に渡り切り、見事向こう岸にたどり着いた。

「我こそは、宇多《うだ》天皇から九代の子孫、佐々木三郎秀義《ひでよし》の四男佐々木高綱、宇治川の先陣を切った。我こそはと思う者があれば、高綱と勝負せよ!!」

と大声で名乗りを上げて、勝負はあった。

二番乗りは、景季と「するすみ」のコンビ。しかし、流れに押し流されてずっと下流の岸に到着した。

景季の無念は察するに余りあるけど、二人の先陣争いに勇気を得た義経・範頼軍は、宇治川を果敢に渡って敵を攻撃して勝利し、義仲はその後、討ち取られた。

「威風堂々」かつ「冷酷非情」に徹した鎌倉殿

源 頼朝《みなもとのよりとも》（一一四七〜一一九九）

源頼朝の人生は、不思議なツキに恵まれている。

十三歳の時、父の義朝が「平治の乱」で平清盛に敗れて殺された。兄二人も殺され、三男の頼朝だけが捕らえられた。

その命も風前の灯火！

ところが、清盛の継母《ままはは》である池禅尼《いけのぜんに》が、亡くなった自分の子供に似ているという理由で、清盛に頼朝の助命を嘆願してくれた。清盛は「将来に禍根を残すから」と、頑として応じようとしなかったんだけど、池禅尼はさらに上をいった。

「私の願いを聞き届けてもらえないなら死にます！」

源頼朝と伝わる坐像。堅く結んだ口元には威厳が漂っている

と言って断食を始めたんだ。さすがにその熱意に負けた**清盛は、頼朝の死一等を減じ、伊豆**（現在の静岡県伊豆の国市）**に配流する**にとどめた。これが最初のツキだ。のちに、清盛が死ぬ間際に残した遺言は、

「頼朝の首をはねて、わが墓前のまへに懸くべし」

だった。あの時、頼朝を殺しておけば平家は安泰だったかも……清盛の後悔は、残念ながら後の祭りとなった。

頼朝は、配流された伊豆で二十年の月日を過ごした。その二十年間は、頼朝をはじめ諸国の源氏にとって長い長い忍従

の年月。栄華を極め、専横《せんおう》政治を行なう平家と清盛の姿を横目で見ながらの臥薪嘗胆《がしんしょうたん》の日々だ。

「いつか必ず平家を滅ぼし、源氏による武家社会を実現してやる！」

頼朝の野心は、殺された父と兄二人の無念、そして諸国の源氏一門すべての想いを乗せて膨らんでいった。この恨み晴らさでおくべきか〜っ!!

❀「機は熟した」——文覚の扇動と以仁王の令旨

そうは言いつつも、頼朝は三十歳を超えてもまだ平家に勝つ自信がなかった。

そこへ**文覚**《もんがく》という法師が、髑髏をひっさげて現われた。聞くと、この髑髏は父の義朝のものだという。

「平治の乱」で獄門にかけられたのち、うち捨てられていた義朝の髑髏を捜し出した文覚が、今まで大切に持って供養していたという（ホンマかいな!?）。

にわかには信じられない頼朝だったが、稀代《きだい》の扇動家《せんどう》である文覚に、

「あなたは義朝様の息子、源氏の棟梁たるお方。驕り高ぶる平家を倒す機会は今ですぞ。重盛《しげもり》が亡くなったのも、平家の命運が尽きたことの表われ。早く兵を挙げて平家を討つのです」

と煽《あお》られ、心が揺れた。

そこに届いたのが、**以仁王の令旨**。さらに、**文覚が後白河院から平家追討の院宣をもらってくる**に及んで、心を決めた。

漢《おとこ》頼朝三十四歳、伊豆にて挙兵す。

ちなみに頼朝は、流刑になっている間に、伊豆の豪族北条時政《ほうじょうときまさ》（のちの鎌倉幕府初代執権《しっけん》）の長女である政子《まさこ》と結婚し、娘の大姫《おおひめ》をもうけている。やることはやっている頼朝だ。

❀本当なら二回殺されていた頼朝

挙兵した頼朝のもとには反平家の坂東武者たちがはせ参じてきた。それを知った平家は軍勢を送ってつぶしにかかり、まだ少数だった頼朝軍はあっけなく平家軍に敗北

（石橋山《いしばしやま》の戦い）。山に逃げ込んだ頼朝は敵に見つかり、死を覚悟した。

ところがなんと、敵方の平家の侍だった、あの**梶原景時**によって助けられ、九死に一生を得たんだ。ここでも頼朝はツイていた。

本当なら、頼朝はすでに二回も殺されている。

ちなみに景時は、のちに平家から寝返って鎌倉幕府の御家人《ごけにん》に列し、頼朝の信任を得ることになる（義経のことを讒言したのも景時だったよね！）。

その後、勢力を拡大した頼朝だが、無理に西進せず鎌倉でじっくり時機をうかがい、先祖が建立した**鶴岡八幡宮**《つるがおかはちまんぐう》を新しく建て直すなどして、東国武士たちの信頼を集めることに力を注いだんだ。

こうした動きに平家も黙ってはいない。維盛《これもり》を総大将として頼朝征討軍が編成された。しかし「富士川の戦い」では、戦わずして源氏が勝利。

そこへ生き別れになっていた義経が訪れ、涙の再会を果たす——といっても二人が生き別れになった時、義経はまだ赤ん坊だったんだけど……。

義経は、鞍馬山で天狗に剣術を習ったといわれるように、武術や軍事の天才。頼朝にとって、百万の味方を得たようなものだった。

ツイてツイてツキまくる頼朝だ。

❀冴えわたる政治力！　弟二人を操り平家を撃破！

頼朝と同様、以仁王の令旨を受けて挙兵した源氏に、従弟《いとこ》の木曾義仲がいた。義仲は北陸を地盤として勢力を強め、「倶利伽羅峠の戦い」で平家軍を壊滅させ、入京を果たした。でも、都に入ってからは乱暴狼藉を働くばかり。

これに業《ごう》を煮やした後白河院が、頼朝に義仲と平家の追討を命じた。そこで頼朝は、まず義仲の狼藉を鎮めるために異母弟の範頼・義経を派遣し、見事に義仲軍を撃破。義仲も討ち取って、幽閉されていた後白河院を確保したんだ。

自分は動かず、戦い慣れた弟二人をうまく使う。武士というより政治家としての才能を感じさせるのが頼朝という男である。

その後、範頼・義経軍は都落ちした平家を追い詰め、ついに「壇ノ浦の戦い」で滅ぼした経緯はすでに書いた通りだ。

✻因果応報？　頼朝の嫡流は断絶

これだけ功績のあった義経だったのに、梶原景時の卑劣な讒言により、頼朝に敵とみなされてしまう。

「義経が最後の敵ですぞ。決して気を許してはなりませぬ」

という景時の嘘を信じた頼朝は、義経包囲網を敷いて義経を追い詰め、ついに奥州平泉で義経を亡き者にしてしまう。それだけにとどまらず義経の子も、男児というだけで生後すぐに殺した。むごい……。

もう一人の異母弟の範頼も、謀反の疑いで伊豆へ流し、並行して平家の一族郎党、子孫に至るまで執拗に捜し出して殺している。

こうした**徹底した冷酷非情なやり方**は、頼朝自身が「平治の乱」で処刑されるはずだったのに、**清盛の継母である池禅尼のとりなしによって命拾いしたことの裏返し**かもしれない。

無駄な情けや恩をかけるといずれ仇となって自分に返ってくる。そう信じる頼朝は、

「邪魔者は必ず消す！」と心に決めていたのだろう。

「冷酷な政治家」とも評される頼朝だけど、彼の開いた武家政権は、慶応三年（一八六七）の王政復古まで七百年近くの長きにわたって続くことになるんだ。

江戸幕府を開いた**徳川家康**《とくがわいえやす》**は頼朝を尊敬し、頼朝の事績を記した『吾妻鏡』（鎌倉幕府の公式ヒストリー）を愛読**したという。

建久《けんきゅう》十年（一一九九）、頼朝は五十三歳で亡くなった。死因は、落馬説、暗殺説、果ては亡霊説まで飛び出す始末だけど、まったくもって定かではない。

そして、皮肉なことに頼朝の死後、御家人同士の泥沼の権力闘争によって**頼朝の嫡流は断絶**し、その後、**北条時政の息子義時**《よしとき》**の嫡流が鎌倉幕府の支配者**となった。

平家を断絶に追い込んだ頼朝の嫡流も断絶……これもまた『平家物語』の主題である因果応報、盛者必衰の理《ことわり》といえるのだろう。

コラム

平氏の名刀「小烏丸」「鶴丸国永」「太刀 銘 友成作」

武家である平氏にとって、「刀剣」はとても重要であり、数々の名刀が先祖伝来の重宝《じゅうほう》（貴重な宝物）として伝えられた。実戦的であると同時に、芸術品と呼んでもよい美しさを持つ「名刀」。ここでは、そのいくつかを紹介していこう。

日本の刀剣の歴史をさかのぼると、古代においては大陸伝来のものが多く、すべて刀身に反《そ》りがない「直刀」だったんだ。しかし、平安時代に入ると刀身が湾曲した刀が登場する。その一つが**「小烏丸《こがらすまる》」**と呼ばれる名刀だ。

直刀の特徴である「切っ先が両側にある」という造りを残したまま、刀身が湾曲しているという非常に珍しいもので、現存する刀ではこの「小烏丸」だけが持つ特徴になっている。

この「小烏丸」、その名前の由来が面白い。

十世紀中頃のこと。関東の豪族だった平将門《たいらのまさかど》が、京都の朝廷に対して東国独立を標榜《ひょうぼう》して「新皇《しんのう》」と称した。これに怒った朝廷が平貞盛《さだもり》に将門征伐を命じた際、ある刀を下賜《かし》したんだ。

関東に出兵した貞盛が将門と対峙《たいじ》し、「いざ成敗せん」と戦おうとした時、**なんと将門は八人に分かれた。分身の術だ。**

本物はどれだ!? 貞盛が目を凝らして見ると、**八人のうち一人だけが兜《かぶと》に小烏の像を付けていた。**そこで、貞盛がその分身に向かって賜った刀で斬りつけたところ見事本物だった!!

このことからその刀は「小烏丸」と呼ばれるようになった、という伝説が残っている。伝説の刀工「天国《あまくに》」によって鍛えられたとされる「小烏丸」は、平氏の重宝として伝えられることになったんだ。

その後の刀は、切っ先が片側にだけある彎刀《わんとう》（反りがある刀）が主流となっていく。いわゆる「日本刀」だね。

その中に、名刀工五条国永《ごじょうくになが》の傑作**「鶴丸国永《つるまるくになが》」**という刀がある。「鶴丸国永」は、平安時代中期の武将、**平維茂《これもち》が戸隠山《とがくしやま》（長野市）に棲む鬼女「紅葉」を退治するのに使った**という伝説の刀だけど、その後は行方知れずになってしまう。

鎌倉時代に入って北条氏の手に渡り、また忽然と姿を消したかと思えば、次に現われた時は織田信長《おだのぶなが》の元だった。最後は仙台藩主の伊達《だて》家から明治天皇に献上されて、今は宮内庁に所蔵されている。やっと安住の地を見つけたんだね。

最後に、平教経《のりつね》が嚴島神社に奉納した**「太刀《たち》　銘《めい》　友成作《ともなりさく》」**（平宗盛が奉納したという説もある）を紹介しよう。

平家一の剛の者として有名な教経は、この名刀を颯爽と腰に帯びていたに違いない。

「屋島の戦い」において、教経は強弓を駆使して多くの源氏兵を射殺し、ついに敵将義経を射程圏内に捉《とら》えた。教経の放った矢がまさに義経を射んとしたその瞬間、矢面に立って義経の代わりに射抜かれたのは、家臣の佐藤継信《つぐのぶ》だった。

継信は、「武士が敵の矢に当たって死ぬことは本望。佐藤三郎兵衛《さぶろうひょうえ》継信という者が、主君に代わって討たれたと末代まで語られることこそ、今生《こんじょう》の面目《めんぼく》、冥途《めいど》の土産《みやげ》です」と言って亡くなった。これぞ、ザ・武士だね。

あと一歩のところで義経を討てなかった教経は、「壇ノ浦の戦い」でも執拗に義経だけを狙った。「戦に負けるにしても、義経と刺し違えてやる」と意を決し、敵をなぎ倒しながらいくつもの船を乗り移っては義経を捜した。

ついに義経を見つけた教経は太刀を振り上げて襲いかかったが、そこは身軽な義経。「八艘跳び」でひょいひょいと逃げられてしまった。「ひ、卑怯なり!!」と叫んだものの義経の軽業《かるわざ》には追い付けない。

「もはやこれまで」と平家の滅亡を悟った教経は、源氏方三十人力自慢の兄弟、安芸太郎・次郎を両脇に抱え、「死出の供をせよ!!」と言うやいなや、もろともに入水して果てた。享年二十六。あっぱれな最期だった。

今に残る国宝「太刀 銘 友成作」。この刀を鍛えた友成は平安時代中~後期の人で、備前国《びぜんのくに》(現在の岡山県)の名刀工だった。「王城一の強弓精兵《せいびょう》」と呼ばれた教経に相応しい刀といえるんじゃないかな。

5章

脇役とは思えない「海千山千」の食わせ者たち

……「袈裟」に身を包んで、謀略&暗躍！

5章 登場人物略系図

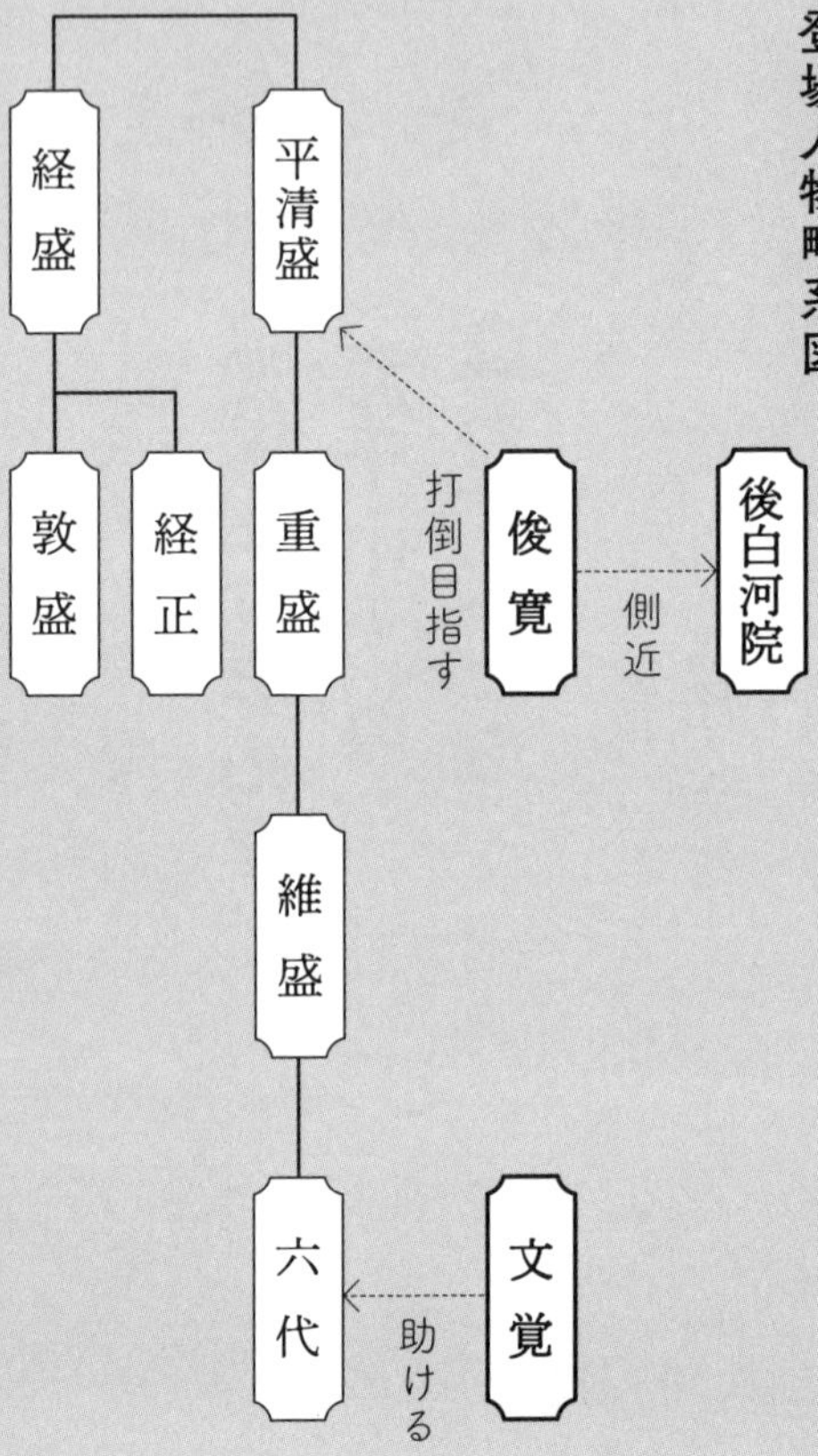

三十四年にわたり院政を敷いた「日本国第一の大天狗」

後《ご》白河院《しらかわいん》（一一二七〜一一九二）

「後白河」というと、「天皇」ではなく「院」が思い浮かぶ理由は、天皇としての在位がわずか三年であるのに対して、譲位して院となり、上皇・法皇として院政を行った期間が三十四年（一一五八〜一一九二）と圧倒的に長かったからなんだ。

そもそも後白河院は、**鳥羽《とば》院の第四皇子**として生まれたので、皇位継承とは無縁だった。ところが次の天皇たる皇太子があまりに幼いため、二十九歳で遅咲きの天皇デビューを果たしたというわけ。要はピンチヒッターに過ぎなかったんだ。

ところが天皇の在位こそわずか三年だったものの、その後、実に**五代の天皇にわたって院政を敷き、強大な権力を保持**することになる。その三十七年間も続いた天皇・

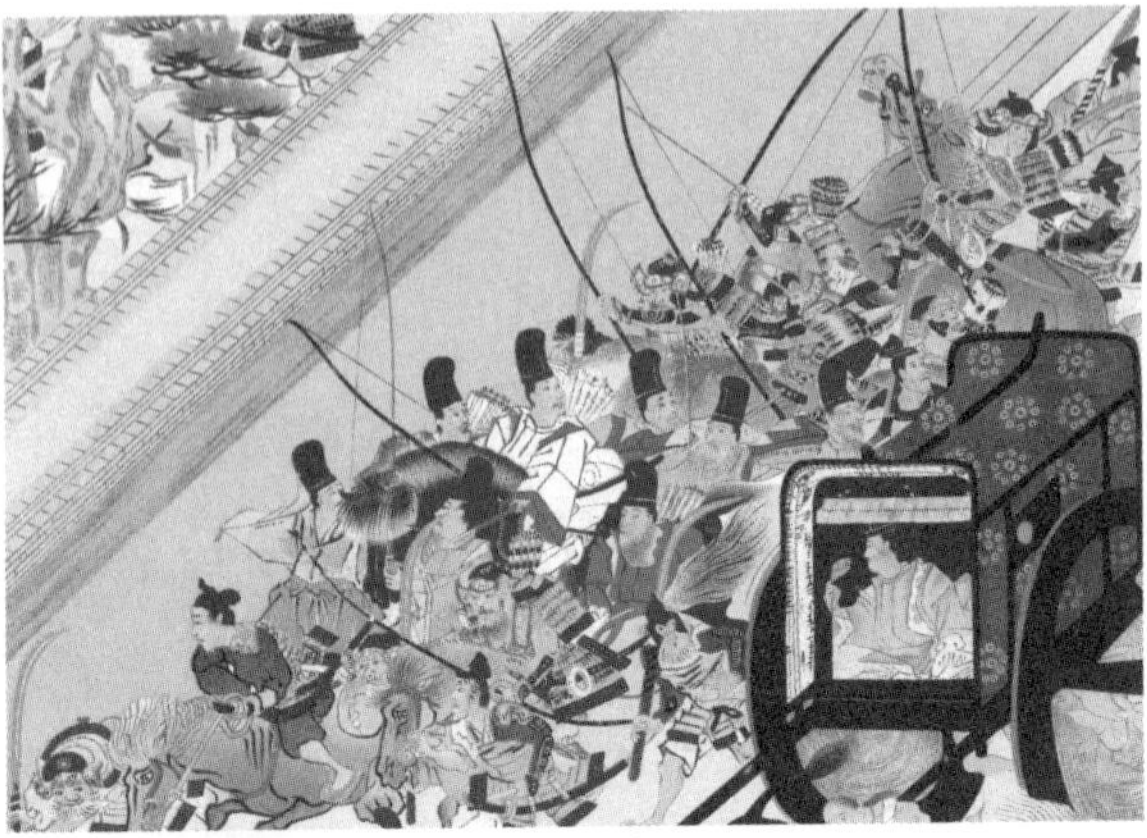

波瀾万丈、海千山千の後白河院。
平治の乱の際には幽閉されるも、清盛に助け出された

院政期間は、貴族政治から武家政治へと移り変わる、大きなうねりの時代にあたる。

兄である崇徳《すとく》上皇との戦い、平家の繁栄と滅亡、鎌倉幕府成立などに関わり、幽閉され、院政停止に追い込まれても、そのたびに復権を果たすなど、波瀾万丈《はらんばんじょう》の生涯を送った後白河院は、まさに海千山千の存在へと変貌していくんだ。

❁平清盛との〝熾烈な権力闘争〟を乗り切った権謀術数

後白河院の人生において、**平清盛《たいらのきよもり》との争い**は、熾烈を極めたものだった。

後白河院は最初、清盛の力を借りて保

元の乱、平治の乱を乗り切った。その見返りに身分の低い「伊勢平氏」の棟梁に過ぎなかった清盛を、殿上人、公卿へと出世させたんだ。この段階ではウィンウィンの関係だった。

ところが、力を付けた清盛と平家一門の専横が強まるにつれ、後白河院と清盛との関係は悪化し、ついに清盛が武力でクーデターを起こし、後白河院は幽閉されてしまうんだ（56ページ参照）。

さすがの後白河院も命運が尽きたかと思いきや、不死鳥のごとく復活する。

清盛の死後、後白河院は義仲《よしなか》や頼朝《よりとも》ら源氏側に加担し、平家を都落ちさせ、最後には壇ノ浦《だんのうら》で滅亡させてしまうんだから、大逆転だ。

源氏内部の抗争においても、義仲は義経《よしつね》によって討たれ、その義経は頼朝に睨まれて奥州は平泉にて討たれ……。

あれあれ、表に出て直接戦わないのに、後白河院の思い通りになっていく。歴史を裏で操るかのような後白河院の権謀術数《けんぼうじゅつすう》ぶりだ。

のちに鎌倉幕府を開いた頼朝は、後白河院のことを**「日本国第一の大天狗」**と罵《ののし》ったんだけど、まさに言い得て妙だね。建久三年（一一九二）、後白河院は六十六歳で崩御した。頼朝が求めても後白河院がなかなか認めなかった「征夷大将軍《せいいたいしょうぐん》」の称号は、院の崩御の数カ月後に、後鳥羽《ごとば》天皇によって与えられた。

❖「和歌を詠む実力のなさ」は、折り紙つき!?

ところで、後白河院といえば、和歌においても文学史上重要な仕事をしているんだ。それは**『千載和歌集』の勅撰を、藤原俊成《ふじわらのしゅんぜい》に命じた**こと。

後白河院は、和歌に関してはぶっちゃけ、あまり上手な詠み手ではなかった。ちなみに、『千載和歌集』に載っている後白河院の若き日の歌を見てみよう。

万《よろず》世を　契《ちぎ》りそめつる　しるしには　かつぐけふの　暮ぞ久しき

訳 二人は永遠に離れまいと初めて契りを交わしたそのしるしに、早くも今日の夕暮が待ち遠しくて一日が永遠のように長く感じられるよ。

へ、下手だ（失礼!!）。しかし、撰者の俊成としては、後白河院の歌がうまかろう

とうまくなかろうと、天皇や院の命令で編纂《へんさん》される「勅撰和歌集」である以上、入撰させないわけにはいかなかった？（笑）

しかし、俊成の息子の定家《ていか》は正直だ。

後白河院が亡くなったあとに定家の撰んだ『百人一首』には、後白河院の名前はない。後白河院の歌の実力（のなさ）は、ある意味折り紙付きなんだ。

❀「和漢の間、比類少きの暗主」と酷評されたが……

『愚管抄《ぐかんしょう》』によれば、父の鳥羽上皇は、息子の後白河のことを、「即位の器量にあらず」と見ていたようだし、第一の側近で政治の中枢にいた僧の信西《しんぜい》すらも**「和漢の間、比類少《ひるいすくな》きの暗主《あんしゅ》」**とこきおろしている。

しかし、長期にわたって院政を敷き、「日本国第一の大天狗」としてさまざまな陰謀をめぐらせた後白河院に、何も特技がないわけがない。

実は、**「今様狂《いまよう》い」**と称されるくらい、後白河院は「今様」オタクだったんだ。

「今様」とは「現代風」という意味だけど、ここでは、平安時代中期から鎌倉時代にかけて流行した歌謡を指す。今様は、歌詞が七五調もしくは八五調の四句で一コーラスを構成するのが特徴。神楽歌《かぐらうた》や催馬楽《さいばら》など、古くからの歌（古様）に対して、今様は、当時最新の「現代歌謡曲」ってわけ。

遊びをせんとや生まれけむ、戯《たわぶ》れせんとや生まれけん、遊ぶ子どもの声聞けば、わが身さえこそ揺《ゆ》るがるれ

訳 私たちは、遊びをしようとしてこの世に生まれてきたのだろうか、それとも戯《たわむ》れをしようとしてこの世に生まれてきたのだろうか、無心に遊んでいる子供の声を聞くと、自分の体も自然と動き出すようだ。

これは、今様の中で、最も有名な歌じゃないかな。

❁「今様」の第一人者として『梁塵秘抄』を編纂！

後白河院は、和歌は苦手だったけど、今様を十歳くらいから愛好し、以来四十年以上の長きにわたって修練を重ね、第一人者を自認するまでになった。なにせ、喉を腫《は》らすまで、毎夜毎夜歌っていたと伝えられているくらいだからね。

そして、さまざまな歌詞や歌い方を後世に正しく伝えるために、それらを集成して**『梁塵秘抄《りようじんひしよう》』**を編纂したんだ。なかなか立派な志だよね。

『梁塵秘抄』には幅広い身分の人の作品が収められているから、世俗的で口語的言い回しのものも多く収録されていて、当時の世相風俗がよくわかるのは後白河院のおかげといえば、おかげなのだ。

このごろ京《みやこ》に流行《はや》るもの　肩当腰当烏帽子止《かたあてこしあてえぼうしとどめ》　襟《えり》の堅《た》つ型鋳烏帽子《かたさび》　布打《ぬのうち》の下の袴《はかま》　四幅《よの》の指貫《さしぬき》

訳　この頃京都で流行るもの。肩当、腰当、烏帽子止。襟は糊《のり》を付けて堅くして直立する型、鋳烏帽子。布打の下の袴、四幅仕立て指貫。

さしずめ当時の最新ファッションを、これでもかと並び立てている感じだね。

❀今様の名手「乙前」を師とする

後白河院がまだ天皇だった時代。後白河天皇は、今様の名手として知られた「乙前《おとまえ》」という傀儡女《くぐつめ》（遊女）から今様を習いたいと思い、彼女を宮中に召したことがあった。

後白河天皇は、七十歳を過ぎた乙前と師弟の契りを結び、御所に住まわせて彼女から多くの今様を熱心に習得した。本当に今様が好きだったんだね。

のちに乙前が重い病を得た時、後白河院は見舞いに訪れて今様を歌った。いくら師弟関係とはいえ、一介の老いた傀儡女のために、わざわざ院自らが見舞いに訪れ、今様を歌ってくれる……。乙前がどれほど感動してむせび泣いたかは想像に難《かた》くないところだ。

乙前が亡くなると後白河院は乙前の死を弔い、一周忌には『法華経《ほけきよう》』より今様のほうが喜ぶだろうと、乙前から習った今様を夜通し歌ったと伝えられている。意外にいいヤツかも……。

後白河院が亡くなる一カ月前、孫の後鳥羽天皇が後白河院の見舞いに訪れた。その時、すでに後白河院の容態《ようだい》は悪かったんだけど、大いに喜んで後鳥羽天皇の笛に合わせて「今様」を歌ったという。

お経ではなく、**今様を歌いながら極楽往生はできるのだと確信**していた後白河院らしい最期だった。今様を歌いながら死ねるなら本望……なかなかできることではないよね。

これほどまでに「今様」に思い入れのあった後白河院が魂を込めて編んだ『梁塵秘抄』だったんだけど、歴史の荒波にもまれ、散逸してしまった。現存するのはわずかな部分のみ。せっかく後白河院ががんばったのに残念無念……。

それでも本編には五百首を超える歌が残されていて、今様の世界を垣間《かいま》見ることができるため、近代の文学者たちに大きな影響を与えたんだ。

歌人の斎藤茂吉《さいとうもきち》はその魅力について論じ、北原白秋《きたはらはくしゅう》は次のような賛美の歌を詠んでいるよ。

ここに来て 梁塵秘抄を 読むときは　金色光《こんじきこう》の さす心地する

「鹿ヶ谷の陰謀」がバレて鬼界ヶ島で憤死！

俊寛《しゅんかん》（一一四三?〜一一七九?）

平家全盛時代、次第に横暴になり悪行を重ねるようになった清盛に対して、後白河院とその近臣たちは、平家に対して反発を感じ始めていた。

「もとはといえば地下人に過ぎなかったくせに、生意気な!!」

プライドの高い古参の公卿や殿上人たちが、こう思ったのも当然だろうね。

そして反平家の急先鋒《きゅうせんぽう》である**藤原成親**《なりちか》の呼びかけで集まったメンバーが鹿ヶ谷《ししがたに》にある**俊寛**の山荘（現在の京都市東山区）で平家打倒の陰謀を話し合っていた。

しかし、**「鹿ヶ谷の陰謀」**と呼ばれるこの企ては、密告によってバレ、関係者は一網打尽《いちもうだじん》にされてしまう。

そのうち後白河院の近臣だった僧の西光《さいこう》と成親は無残な殺され方をし、俊寛・平康頼《やすより》・藤原成経《なりつね》（成親の息子）の三人は、都からはるか遠い、**鬼界ヶ島《きかいがしま》**というところに流されたんだ。ちなみに鬼界ヶ島は鹿児島県の南にある硫黄島《いおうとう》だとされている。

❀後白河院の側近、かつ清盛にも目をかけられていたが――

鬼界ヶ島は硫黄が煮えたぎってあふれ、雷がいたるところで鳴り響くような過酷な環境の島。そこに流された俊寛ら三人は、ひたすら望郷の念にかられながら過ごしていた。

成経と康頼は島内に熊野権現のお社《やしろ》を祀《まつ》って祈り、**千本の卒塔婆《そとば》**（死者の供養のために墓場に立てる細長い板）を作って海に流すことに励んだ。殊勝《しゅしょう》な心がけだね。

でも、俊寛はこれには加わらなかった。俊寛は、お坊さんの中で僧正《そうじょう》に次ぐ高い地位の「僧都《そうず》」でありながら、気性が激しく傲慢で、信心の心など持っていなかったみたいだから無理もない。

後白河院の側近で、かつ清盛にも目をかけられていた俊寛。

そのまままうまく立ち回ればよかったものを、打倒平家に燃えていた藤原成親の計略に、見事引っかかってしまったんだ。その計略とは次のようなものだ。

成親は対照的な女性を二人用意して、俊寛に近づけさせた。

一人は美人だけど情の薄い女性、もう一人は不美人だけど愛情にあふれた女性。俊寛は後者、つまり「不美人だけど愛情にあふれた女性」のほうに夢中になり、子供までもうけたんだ。

ただ、問題はそこじゃない。俊寛はその女性に唆《そそのか》されて「鹿ヶ谷の陰謀」に加わったのだから、成親の狙いは見事に当たったことになる。

どうあれ**俊寛は女好き、色香に迷うなんて僧都失格**だ。

❁清盛の恩赦に漏れて、独り島に置き去りに——

さて、成経と康頼が千本作って海に流した卒塔婆のうちの一本が、偶然にも平家の氏神《うじがみ》である厳島《いつくしま》神社に流れ着き、清盛の知るところとなったんだ。

折も折、高倉《たかくら》天皇の中宮である建礼門院徳子《けんれいもんいんとくこ》が、身ごもったものの体調が悪く苦しんでいた。卒塔婆に心打たれた清盛（この頃はまだ信心深かったんだね）は、娘の徳子の安産祈願の恩赦《おんしゃ》として成経と康頼を許すことにした。なんてラッキーー!!

そして、三人が鬼界ヶ島に流された翌年、一艘の船が島にやってきた。大喜びで船に駆け寄る俊寛。ところが見せられた「赦し文」には、成経と康頼の名だけが記されており、俊寛の名は何度見直してもなかったんだ。

「われら三人、同じ罪のはず。何かの間違いでしょう!?」

俊寛は必死になって食い下がるものの、認められなかった。清盛は、目をかけてやった俊寛の裏切りだけは赦せなかったんだね。

船は成経と康頼だけを乗せ、無情にも沖へと漕ぎ出した。

俊寛は、取り残されまいと必死だった。

船尾の綱にしがみついたまま引きずられて海に入り、腰まで海につかり、脇までつかり、肩までつかり、ついに足が届かなくなると、船べりに取り付いた。

「都とはいわぬ！　せめて、九州の岸辺までなりとも乗せていってくだされ！」

俊寛の悲痛な叫びは続いた。

でも、俊寛の手は払いのけられ、船は沖へと去ってゆき、あとには白い波が残るばかり。……ついに俊寛は島に独り置き去りにされてしまったんだ。

❁「変わり果てた姿」に侍童の有王涙する

鬼界ヶ島から流罪人《るざいにん》が戻ってくるとの知らせを受けて、俊寛の侍童《じどう》だった**有王**《ありおう》が迎えにいってみると、戻ってきたのは成経と康頼の二人だけ。有王の落胆はたとえようもなかったという。もしかしたら**二人は同性愛の関係にあった**のかもしれない。

有王は親にも告げず、一人で俊寛に会いにいくことにした。そして俊寛の娘に手紙を書いてもらい、それを携えてはるか遠い鬼界ヶ島へと向かった。

苦労に苦労を重ねて、やっとたどり着いた鬼界ヶ島。ところが、そこにいた俊寛は、この世の者とは思えないほどみじめな姿をしていたんだ！

髪は天に向かってぼうぼうに伸び、海の藻《も》が髪に絡まり、それはまるでいばらをか

硫黄島の俊寛堂。俊寛はここで失意のうちに没した

ぶったように見えた。骨が浮き出るほど痩せ、皮膚はたるみ、片手には海藻を持ち、片手には魚を下げ、よろよろと歩いている。

これがあの立派だった俊寛様なのだろうか……？

「物乞《ものご》いだとしても、ここまでひどい者は見たことがない」

……有王は言葉を失った。

それでも有王は気を取り直し、俊寛に色々な話をした。

俊寛の身内はみんな逮捕され殺されたこと。隠れていた奥方と幼い息子は病死したこと……。そして生き残った十二歳の娘に書いてもらった手紙を差し出した。

その手紙には、「お父様、有王様と一緒に早く戻ってきてください」と書かれていた。俊寛はしばらくこの手紙を顔に押し当てて泣いたあと、こう言った。

「有王よ、この手紙を見よ。思うようになるなら、とっくに都へ帰っておるわ。何もわかっておらん不憫《ふびん》な娘よ」

妻と幼い息子が死に、唯一生き残った娘からの手紙はあまりに幼く頼りなかった。俊寛が死を決意するには十分だったようだ。俊寛は食を断ち、一心に仏を念じた。そして有王が島に着いてから二十三日目に、三十七歳の生涯を自ら閉じたのだった。

か様《よう》に人の思歎《おもいなげき》のつもりぬる、平家の末こそおそろしけれ。

訳 このように人の思い嘆きが積もり積もった平家の末路がどうなるか、恐ろしい。

『平家物語』はこう記している。

メモ

鹿ヶ谷の陰謀…安元三年（一一七七）六月のある夜。後白河院の近臣である俊寛の持つ鹿ヶ谷（当時は「鹿の谷」）の山荘において、清盛を棟梁とする平家の横暴に不満を抱く藤原成親・平康頼・西光、そして俊寛などの面々が、後白河院を招いて宴を催し、平家打倒の企てを打ち明けた。

宴もたけなわになり、興に乗ってきた時、酔っぱらった成親が酒を入れていた徳利《とっくり》を倒したんだ。当時、徳利は「瓶子《へいし》」と呼ばれていたので、**「瓶子」を「平氏」にかけて、次々に平氏を馬鹿にする冗談**を言い合った。

「平氏がふざけて倒れましたぞ」（成親）

「平氏が多すぎて酔っぱらってしまいました」（康頼）

「平氏の首を取るにこしたことはない」（西光）

子供だましのような冗談だけど、当時はこれでも最上級のギャグ。これを聞いた後白河院は満悦至極。

ところが、この平家を滅ぼす企ては、密告によって清盛の知るところとなった。

怒り狂った清盛は、武力によって彼らを排除してしまったんだ。

陰謀に加わった人たちの末路は悲惨だった。後白河院の側近として活躍した西光は、怒る清盛に足で顔を踏みにじられ、ひどい拷問《ごうもん》の末、口を引き裂かれて都大路で首を落とされてしまった。

陰謀のリーダーだった成親は、義弟にあたる重盛《しげもり》（清盛の嫡男）のとりなしによって死刑は免れたものの、配流先の備前国庭瀬《にわせ》（現在の岡山市）で食事を与えられず、餓死した（殺害されたとも）。

俊寛と康頼、そして成親の息子成経の三人は、都からはるか遠い、鬼界ヶ島に流された。

残るは黒幕の後白河院だけど、「私は悪いことなど何もしていない」とシラを切り通す。清盛としては、殺すことはできないまでも、後白河院をとっ捕まえて幽閉し、自由を奪ってやろうと臨戦態勢に突入したけれど、重盛が猛烈に反対したので諦めざるをえなかった（86ページ参照）。

ともかく、**この事件により後白河院の影響力は大きく衰え、清盛一強の時代へと突き進んでいく**ことになったんだ。

頼朝を叱咤激励した怪僧にして稀代の扇動者

文覚《もんがく》（一一三九？〜一二〇三？）

『平家物語』に**「文覚」**という怪僧が登場する。

若い頃、痴情のもつれから愛する女性を殺した（!!）ことがきっかけで発心《ほっしん》し、狂ったように日本各地の難所という難所を修行してまわった文覚。

那智の滝（現在の和歌山県・那智勝浦町）での修行で死にかけた時、不動明王《ふどうみようおう》の使いである制吒迦《せいたか》童子と矜羯羅《こんがら》童子が空から降りてきて生き返らせてくれたなんていう、嘘のような本当（？）の逸話の持ち主だ。

荒行を終えた文覚は、**「刃《やいば》の験者《げんじや》」**（刀の刃のように鋭い験力《げんりき》を持つ修験者《しゆげんじや》）と世間で評判のスーパー荒法師《あらほうし》となった。

京に戻った文覚は、高雄山《たかおさん》の荒れ果てた神護寺《じんごじ》を再興しようと、あちこちに寄進を求めた。手っ取り早くお金を集めたいと思った文覚は、後白河院の御所にまで押しかけ、寺社修理などの寄付金集めのための趣意状である「勧進帳《かんじんちょう》」を大声で読み上げて寄付を迫ったんだ。なんとも大胆不敵な行動だ。

でも、さすがにこれはやり過ぎだった。無礼を働いた罪で文覚は伊豆に流されてしまう。ただし、彼はただ者じゃない。この仕打ちに納得できなかった文覚、押送《おうそう》中は断食し続けたんだ。

なんと三十一日間飲まず食わず!! それでもへっちゃらだったというんだから、まさに怪僧だ!!

❋鎌倉と京を八日間で往復する韋駄天ぶり！

文覚が流された伊豆には、あの源頼朝がいた。

かつて頼朝の父の義朝《よしとも》は、「平治の乱」で清盛と戦って敗れ無惨に殺されたけれど、嫡男の頼朝は、清盛の継母である池禅尼《いけのぜんに》のとりなしによって命拾いし、配流された地（蛭ケ小島《ひるがこじま》。現在の静岡県伊豆の国市）で二十年余りを過ごし、三十四歳になっていた。

文覚は、日頃から平家の横暴ぶりを苦々しく思っていた。そこで、源氏の正統な継承者である頼朝のところへ行っては、謀反を起こすようにと強く勧めたんだ。でも、頼朝は池禅尼によって助けられた恩があるので、滅相《めっそう》もない、と断り続けた。

そこで文覚は最後の手に出た。

都へ上って、**後白河院から平家追討の「院宣」をもらってくると頼朝に約束**したのだ。

この時の文覚は、まさに韋駄天《いだてん》。往復約九百キロメートルもの道のりの鎌倉と京を行き来するのに、わずか八日間。約束通り、後白河院の院宣を持ち帰ってきた。さすが荒行をこなしてきた文覚だけのことはある。

頼朝はその院宣に感激し、ついに打倒平家の覚悟を決め、挙兵した。

❁超絶美少年、六代の助命を頼朝に直談判！

……それから五年の月日が流れた。

元暦二年（一一八五）の「壇ノ浦の戦い」に敗れた平家一門はことごとく海に沈み、ここに源平合戦は終わりを告げた。

しかし、頼朝は生き残りによる謀反を恐れ、平家の一族郎党、子孫に至るまで捜し出して殺していく。中でも、維盛《これもり》の子息の**六代**《ろくだい》は、清盛の直系の曾孫。何がなんでも見つけ出して殺さねばと、躍起になっていた。

六代は身を潜めて暮らしていたんだけど、ついに見つかって捕らえられてしまった。しかし、六代を愛する乳母が、助けを求めて文覚のいる高雄の神護寺に駆け込んできたんだ。

文覚は乳母から六代の話を聞き、心を動かされて腰を上げた。

今、頼朝は血も涙もなく平家の子孫を殺しまくっている。

「これでは清盛の横暴ぶりと同じではないか、いや、もっとひどい！」

かつて頼朝に平家打倒を唆《そそのか》した文覚だったけど、今度は逆だ。文覚には平家も源氏もない。正しいと思うことを実行するのみだ。

文覚はさっそく六代が捕らえられている六波羅《ろくはら》に向かった。初めて見る六代は、**十二歳の超絶美少年**だった。

額に髪が乱れかかる様子といい、少しやつれた様子といい、姿かたちが美しく、尋常ならざる品格を感じさせる。さすが、イケメン維盛の息子。

――この美しい少年を殺させるわけにはいかない。

そう決意した文覚は、六代を捕らえていた**北条時政**《ほうじょうときまさ》（頼朝の妻、北条政子《まさこ》の父）に向かって、「この子の命、二十日間だけ延ばしてくだされ」と言って、頼朝と直談判《じかだんぱん》するために鎌倉へと向かったんだ。

実は、かつて文覚が頼朝に後白河院の院宣を届けた時、感激した頼朝が文覚に、

「今後どのような大事でも、頼朝が生きている限り、御坊《ごぼう》の望みをかなえてさし上げましょう」

と約束してくれていたのだ。再び韋駄天文覚！　走れ！

❀〝死を覚悟した六代〟の美しく儚い姿に一同落涙！

ところが、約束の二十日が経っても文覚は戻ってこない。しびれを切らした時政は、六代を連れて鎌倉へと向かった。途中で文覚に会えるかも、と期待したからなんだけど、どこまで行っても文覚には出会えない。時政としては、頼朝の許しのないまま六代を連れて鎌倉に入るわけにはいかない。

駿河国（現在の静岡県）沼津《ぬまづ》の千本松原《せんぼんまつばら》というところまで来た時、時政が言った。

「ここまででございます」

それを聞いた六代は、覚悟を決めて、肩にかかる髪を可愛らしい手で前にさばいてうなじを出し、静かにうつむいて西に向かって手を合わせた。

その、**あまりに美しく儚い姿**を見た源氏の武士たちは、涙で袖を濡らし、心乱れて六代の首を落とすことができずにいた。

「誰か斬る者はおらぬか、お前はどうだ」

「私は遠慮する。お前こそ、どうだ」

などと、斬首役を押し付け合っているところへ、ようやく文覚登場。馬を飛ばしてやってきた。ぎりぎりセーフ!!

❀亡霊になって後鳥羽院を隠岐に引き寄せた!?

文覚はしぶる頼朝を説得し、やっとのことで六代の赦し文を手に入れてきたんだ。

六代はすんでのところで命拾いし、文覚のいる高雄の神護寺で保護されることになった。チャンチャン、めでたしめでたし。……とはいかなかった。

実は怪僧文覚、老いても盛ん。すでに

六十歳を過ぎていたにもかかわらず謀反を企てたんだ。しかし、その計画は漏れて文覚は捕まり、隠岐《おき》の島（現在の島根県）に流されてしまった。

引っ立てられて京を出る時、文覚はこう言い残した。

「この死にかけのおいぼれを遠い隠岐の島まで流すとは、あの鞠《まり》好き後鳥羽め、けしからん。最後には同じ隠岐の島に迎えてやるぞ」

後鳥羽院は鞠が好きだったんだ……というのは置いておいて、この呪いの言葉が効いたのか、のちに「承久の乱《じょうきゅう》」（一二二一年）で敗れた後鳥羽院が流された先が、まさに隠岐の島だった。

死んで亡霊となった文覚は、いつも後鳥羽院に文句ばかり言って暴れまわった、と『平家物語』には書かれている。

ちなみに六代は文覚に引き取られたあと、しばらくして出家し、修行の日々を過ごしていた。でも、庇護者《ひごしゃ》の文覚が流罪となって高雄を去ったのち、結局は捕らえられて処刑されたといわれているんだ。とはいうものの、実は確実な史料はない。

ただ、**六代を最後として清盛の嫡流は完全に断絶した**、ということだけは間違いのない事実だ。

コラム

伝説の美少年「敦盛の最期」と熊谷直実の出家

さて、『平家物語』の中でもひときわ「あはれ」を誘う人物といえば、**笛の名手として名高い伝説の紅顔《こうがん》の美少年、平敦盛《あつもり》**ではないかな。

舞台は、「一ノ谷の戦い」。義経の奇襲「鵯越《ひよどりごえ》の逆落《さかお》とし」(116ページ参照)によって背後を突かれた平家軍は、大混乱に陥った。平家の館や仮屋は義経軍によって火が放たれ、あたりは黒煙で満ちた。それを見た源氏の主力軍が、正面から総攻撃をかけた。

助かりたい一心で、浜辺の船に向かって我先にと走る多くの平家の兵士たち……。もはや勝負は決した。

「鵯越の逆落とし」で崖を下って平家の陣に一番乗りの功名《こうみょう》を果たした**熊谷直実《くまがいなおざね》**

は、さらに手柄を立てようと身分の高い敵の武将を探していた。そして逃げる平家方を追って海辺へやってきた時、馬に乗って海に入り、沖にいる船へ逃れようとする平家の武者を見つけた。

見れば、鎧や直垂などが格式高く美しく、腰に佩《は》いた太刀《たち》も黄金色に光っている。

「そこにおられるのは、大将軍であるとお見受けいたします。卑怯にも敵に後ろをお見せなさるのですか。お戻りください」

直実は、扇を掲げて招いた。平家の武者はこれに応じて、波打ち際へと引き返してきた。

❀敦盛を組み伏せた直実の心中やいかに⁉

この直実という武士は、武蔵国大里郡熊谷郷《むさしのくにおおさとぐんくまがやごう》（現在の埼玉県熊谷市《くまがや》）の出身で、武術に長け、弓の名手でもあった。武士として名を上げるために京に上った直実は、最初、平知盛《とももり》に仕えた。

ところが源平の戦いが始まると東国に下り、頼朝に臣従《しんじゅう》して功を立て、故郷熊谷郷の支配権を任されるに至った。

この「一ノ谷の戦い」では、義経の奇襲部隊に所属し、果敢に「鵯越の逆落とし」を決行して**平家の陣に一番乗り**を果たしている。

さて、話を戦の場に戻そう。

平家の武士が浜辺に戻ってきたところへ、直実が馬を並べてむんずと組み付き馬から落とした。さすが直実、百戦錬磨の剛の者だ。

馬乗りになった直実が、首を掻こうと顔を見ると、年は十六、七ほど、ちょうど我が子の小次郎ぐらいの少年ではないか。容貌はとても美しく、薄化粧をして歯を黒く染めている。

「この武者一人を討ったからといって、今さら負け戦が勝ちになるわけでも、勝ち戦が負けになることもあるまい。それに、息子が討たれたと聞けば、父親がどれほど嘆かれることとか」

我が子とこの若武者とを重ね合わせて、父親の気持ちになる直実だった。名を尋ねると、

「私が名乗らなくても首を取ったあとで人に聞いてみろ。私のことを知っているだろうから」

と答えた。これを聞いて立派な若武者だと感動した直実は、「お救い申したい」と思ったけれど、後ろを見ると、味方の手勢が迫ってきていた。

ここで自分が逃がしたとしても、どのみち同じことだと考えた直実は、

「ほかの者の手にかかるくらいなら、この直実の手におかけして、後世のご供養をいたしましょう」

と涙を抑えながら言うと、若武者は答えた。

「ただとく〳〵頸《くび》をとれ」

訳「なんでもよいから、早く首を斬れ」

直実はあまりに不憫で目の前が真っ暗になり、どこに刀を入れていいかわからない。しかしそうも言ってはいられないので、泣く泣くその首を取った。

❀敦盛愛用の「青葉の笛」

「**ああ、弓矢を取る身ほど、残念なものはない。**武芸の家に生まれなければ、このような辛い目にはあわずにすんだはず。情けなくも、お討ちもうしたものだ」

と、直実はさめざめと泣いた。

しばらくして気を取り直した直実が、若武者の鎧直垂を取り外し、首を包もうとしたところ、錦の袋に入った笛を腰に差していることに気が付く。

「なんと哀れな、明け方に平家の陣内で笛を吹いていたのは、この人でいらっしゃったのだ。戦陣の中、笛を吹くような東国武士はいない。都の高貴な方はやはり優美なものだ」

と思って、その笛を義経に献上したところ、涙を流さぬ人はいなかった。

平家のこの若武者は、平清盛の弟経盛《つねもり》の末子《ばつし》で、まだ十七歳の敦盛だと知れた。敦盛が持っていた笛の名は**「小枝《さえだ》」**。笛の名手だった敦盛の祖父忠盛《ただもり》が、鳥羽院からいただいたものだった。

敦盛愛用の笛「小枝」は別名**「青葉の笛」**とも呼ばれ、神戸市にある**須磨寺《すまでら》に寺宝として今も大切に保管**されている。

「一ノ谷の戦い」は源氏方の勝利に終わったけれど、敦盛を討ったことが直実の心を苦しめたんだ。武家の無情を悟った直実は、深く思うところあり、のちに出家して、法然《ほうねん》の弟子になったという。

『平家物語』のこの名場面は、能や幸若舞《こうわかまい》、歌舞伎などの題材となった。

このうち、室町時代に流行した、語りを伴う曲舞《くせまい》である**「幸若舞」**は、特に武家に愛好された。

幸若舞『敦盛』の中で、直実が出家して世を儚むセリフのなかに、

「人間《じんかん》五十年、化天《けてん》（下天《げてん》）のうちを比ぶれば、夢幻《ゆめまぼろし》の如くなり」

というものがある。

この一節は、**桶狭間《おけはざま》の戦い前夜、織田信長《おだのぶなが》が謡《うた》い舞った**ことでも有名だ。

なお、「人間五十年」は、人の寿命が五十年という意味ではないよ。信長が四十九歳で亡くなったことから、「人生わずか五十年」という言い回しで使われることが多いんだけど、もともとは、「人の世の五十年は、悠久のスケールを持つ天界の時間に比べると夢幻のように儚いものだ」という意味だ。

❁敦盛の兄・経正は琵琶の名手

敦盛は笛の名手だったが、その兄の**経正《つねまさ》**は、**琵琶の名手**として有名だ。

楽才を認められた経正は、十七歳の時に仁和寺《にんなじ》に伝わる**琵琶の名器「青山《せいざん》」**を下賜され、宇佐神宮《うさじんぐう》で「青海波」（90ページ参照）を弾じると、その演奏の素晴らしさに、神殿が揺れ動き二羽の千鳥が舞い遊んだといわれている。

また、義仲追討軍の副将軍として都を出立《しゅったつ》した経正は、琵琶湖の竹生島《ちくぶしま》に立ち寄る。そこに祀られている弁財天《べんざいてん》は琵琶を弾じる姿から音楽の神であり、また戦勝祈願の女神でもあったからだ。

経正が島の都久夫須麻《つくぶすま》神社の拝殿で琵琶の秘曲を弾ずると、**弁財天も感極まったのか、経正の袖の上に白竜と化して現われた**という伝説が残っている。

竹生島で琵琶を弾ずる経正。
絵の右端に浮いている衣は弁財天の化身

でも、残念ながらこの瑞兆《ずいちょう》にもかかわらず、平家軍は義仲に敗れ、都落ちすることになってしまう。

都落ちに際して、経正は名器「青山」が戦で失われてはならないと、仁和寺に返しにいった。少年時代の経正は仁和寺で稚児《ちご》として覚性法親王《かくしょうほっしんのう》に仕えていたんだけど、**二人**

の間には肉体関係があったといわれている。

その覚性法親王はすでに亡くなっていたので、現法親王に「青山」をお返しした経正。かつて親しんだ者たちは経正にすがりついて泣いて引き留めるものの（このあたりの関係もちょっと怪しい）、それを振り切って経正は都落ちしていく。

経正との名残を惜しんで最後まで見送ったのは、行慶《ぎょうけい》という僧侶だった。見送る彼に向かって経正が歌を詠んでいる。

旅ごろも　夜な〳〵袖を　かたしきて　思へばわれは　とほくゆきなん

訳　毎夜、旅姿で独り寝を繰り返しながら、私は遠くまで旅していくであろう。

「独り寝」する寂しさを詠むなんて、まるで恋人に贈る歌のようだね。おそらく、**行慶との間にも肉体を伴う恋愛感情があった**のだろう。

経正は「一ノ谷の戦い」で、弟の敦盛を案じ、捜していて逃げ遅れ、源氏方に取り囲まれた際に自刃して果てた。

6章

戦いの中の「悲恋物語」

……儚いからこそ、永遠に美しい二人

平清盛に愛された美しき二人の白拍子

祇王《ぎおう》（生年不詳〜一一七二）
仏御前《ほとけごぜん》（一一六〇〜一一八〇）

時は平家全盛期、**「一天四海《いってんしかい》を掌《たなごころ》のうちに握る」**と、『平家物語』に書かれているように、天下が平清盛《たいらのきよもり》の掌中《しょうちゅう》にあった頃のお話。

その頃、都で人気を集めていたのが、宝塚ならぬ**「白拍子《しらびょうし》」**という男装の舞妓《ぶぎ》。白い水干《すいかん》に立《たて》烏帽子をかぶり、白鞘《しらさや》の刀を差して男装をし、今様（流行歌）を歌いながら舞を舞う歌姫のことだ。

平安時代末期から鎌倉時代にかけて、今でいう芸能人のスターのような人気を集めていた白拍子の女性を、当時の権力者たちは競うようにして愛人にしたんだ。

清盛とても例外ではなく、都で大人気の**祇王**（妓王とも）を寵愛した。祇王の妹で

同じく白拍子の祇女《ぎじょ》と、母親の刀自《とじ》のことも大切にして、立派な家を建ててやり、毎月たくさんのお手当もあげていた。

それを見た都中の白拍子は、祇王一家の幸運を羨《うらや》み、祇王にあやかって自分の名前に「祇」の字を入れる者まで出たほどだ。

しかし、何不自由なく幸せな生活を送って三年ほど経ったある日、祇王の運命は暗転する。

❀ その美貌と〝つややかな歌舞〟で清盛を虜に！

都に「仏御前」という十六歳の若い白

拍子が、彗星《すいせい》の如く現われた。

加賀国《かがのくに》（現在の石川県）で生まれた仏御前は、十四歳で京に上り、白拍子となった。その美貌に加え、舞や歌に秀でていたので大評判となり、名声を高めていく。

でも、それだけではまだ仏御前は満足できない。位人臣を極めた清盛に認めてもらってこそ本物、と直々《じきじき》に売り込みに行った。

呼んでもないのに来るなんて失礼なヤツだな……と、清盛は仏御前を相手にせず、門前払いしようとした。


ところが、ここで**運命のいたずら**が起こる。

祇王が、「まぁまぁ、そう言わず、若い白拍子にはよくある失礼ですが、会うだけ会ってあげたらいいではないですか」と、清盛を促《うなが》したんだ。あぁ……、この優しさが仇となってしまう。

大好きな祇王にそう言われ、清盛はしぶしぶ仏御前を邸に招き入れた。チャンスを与えられた仏御前は、ここぞとばかりに清盛をヨイショする歌を披露する。

君をはじめて見る折は　千代も経《へ》ぬべし姫小松
御前《おまえ》の池なる亀岡に　鶴こそむれゐてあそぶめれ

訳 清盛様を初めて見る時はその立派さに姫小松（私）は千年も命が延びそうな気がします。清盛様の御前にある亀岡の池に、鶴が群がっていて楽しそうに遊んでいるようです。

仏御前のあまりの美しさとつややかな歌声に、清盛をはじめその場にいた人たちは聞き惚《ほ》れた。

十六歳の仏御前は、まさに天才だった。

清盛は、さっきまでの態度はどこへやら。続けて舞うように命じた。すると仏御前はこれまた、あでやかで美しい感動的な舞を舞ったんだ。

「素晴らしい、いや素晴らし過ぎる」……すっかり仏御前に心を奪われた清盛は、仏御前の手を取って引き留めにかかった。

一方、仏御前とすれば、清盛の前で得意の歌と舞を披露でき、自分の才能を認めてもらえたのでもう十分満足。

所期の目的を達成した以上、深入りはごめんとばかりに、清盛の誘いを辞退したんだ。

❁祇王の哀歌――「しょせん誰もが野辺の草」

ところが清盛はこの仏御前の態度を見て、「祇王に遠慮しているのか？　だったら祇王が出ていけばいいじゃないか」と言うなり、祇王に向かって命じた。

「お前はさっさと出ていけ‼」

三年に及んだ清盛の祇王への愛が、一瞬で消え去った瞬間だった。

祇王は、いつかは清盛の寵愛が消えることは覚悟していたものの、こんなに早く、しかも突然に訪れるとは思ってもいなかった。魂も消えるかとばかりに驚いたものの、現実は変えようがない。天下の清盛様に逆らうすべはないのだから……。

祇王は名残を惜しみつつ、三年の間住み慣れた部屋の襖《ふすま》に、泣きながら歌を一首書き残した。

萌《も》え出《い》づるも　枯るるも同じ　野辺《のべ》の草　いづれか秋に　あはではつべき

訳　春に草木が芽吹くように仏御前が清盛に愛されるのも、草も枯れるように私が捨てられるのも、しょせんは同じ野辺の草―白拍子―なのだ。秋になるとどれも枯れ果ててしまうように、誰しもいつかは清盛に飽きられて終わるのだろう。

❀仏御前の無聊を慰めるために舞う屈辱

清盛の鶴のひと声で邸を追い出された祇王。清盛からの援助もなくなり、一家の生活も次第に苦しくなっていった。祇王はただただ泣き暮らすしかなかった。

そんなところに、清盛からさらなる追い討ちが……。

「仏御前が退屈しているから、慰《なぐさ》めに来い！」

あまりの屈辱。行きたくない。でも、清盛様の命令に背くことはできないと母親から説得され、祇王は清盛の邸を訪れた。

邸に入ると、通された座席は下座。ちょっと前まで自分は清盛の隣に座っていたのに、なんとみじめな……。祇王は、わが身の境遇の変化を身に染みて感じた。そんな気持ちなど察しようはずもない清盛は、「今様をひとつ歌って仏御前を慰めてやれ」と命じた。祇王はこぼれ落ちそうになる涙をこらえながら歌った。

仏も昔は凡夫《ぼんぶ》なり　我等《われら》も終《つい》には仏なり
いずれも仏性具《ぶっしょうぐ》せる身を　へだつるのみこそかなしけれ

訳 仏も昔は凡人であった。我らもついには悟りをひらいて仏になれるのだ。そのように誰もが仏になれる性質を持っている身なのに、このように仏御前と私（祇王）とを分け隔てするのが、とても悲しいことだ。

哀しく切ない歌声に、その場にいた人たちは涙をこらえ切れない。一方、祇王の気持ちを踏みにじり続ける清盛は、満面の笑みを浮かべて、「また来て仏御前を慰めてやれ」と言うばかり。ハリセンがあったら清盛の頭を叩きたい気分だ。

邸を追い出されたあげく、無聊《ぶりょう》をかこつ新しい愛人の慰め役までさせられた祇王は、自宅に帰り、母親に「死んでしまいたい」と訴えた。妹の祇女も「私も死にます」と言い出す始末。

母親は「そんな親不幸なことはやめて！」と慰めるものの、生きることも死ぬこともままならぬなら……と考えた**母娘三人は、嵯峨野《さがの》の山奥で尼となって生活する道を選んだんだ。**

この時、母の刀自は四十五歳、祇王は二十一歳、祇女に至ってはまだ十九歳の若さだった。

❀嵯峨野の山奥まで祇王を訪ねてきたのは――

三人が嵯峨野の草庵《そうあん》で、西方極楽浄土を願いながら念仏を称えて過ごしていた、ある秋の静かな夜、竹の編戸《あみど》をトントンと叩く音が聞こえてきた。

三人は、「こんな山奥に誰でしょう。魔物が現われたのかもしれないわ」と震え上がったが、おそるおそる戸を開けた祇王が、あっと驚き目を丸くして言った。

「これは夢かしら、本当のことでしょうか」

そこに立っていたのは、紛れもなく、あの仏御前だったんだ。

庵の中に招き入れられた仏御前は、涙を抑えつつ話し始めた。

まず、祇王に恩を受けたにもかかわらず、逆に清盛の邸を追い出すことになってしまったことを泣きながら謝罪した。

そして、祇王が襖に書き残した「いづれか秋に　あはではつべき」の歌を見て、自分もいつか祇王と同じ悲しい運命にあうと思うと、清盛の寵愛は決して喜べず、出家した祇王たちと共に、後世を願いながら静かに過ごしたいと思うようになったと、切々と訴えた。


話を聞いて驚く祇王たちを前にして、仏御前はかぶっていた衣をさっと取った。そこには**髪を下ろした尼の姿**があった。

「この尼の姿に免じて、これまでの無礼を赦してください。赦してくださるなら、ここでみな様と一緒に後世を願いながら暮らしたいと思っています」

仏御前は必死に祇王に頼んだ。祇王は、

「あなたが、そんなふうに思っているとは考えもせず、恨んでいた時期もありました。でもその恨みも今となっては晴れました。さあ、一緒に往生を願いましょう」

嵯峨野の祇王寺に残る、三人の墓（左）と清盛の供養塔（右）

と、泣きながら仏御前の申し出を受け入れた。

かくて、すべてのわだかまりを捨てた四人は、一緒に庵に籠もり、一心に往生を願って念仏を称えて過ごした。その甲《か》斐《い》あって、みんな極楽往生を遂げたという。

現在の嵯峨野にある祇王寺には、祇王・祇女と刀自の三人の墓と、皮肉なことに、なぜか清盛の供養塔とがひっそりと並んで建てられている。

あれっ、**仏御前のお墓はないの？** そこに気が付いた人は鋭い。

実は『平家物語』では書かれてないけど、仏御前に関しては次のような伝説があるんだ。

祇王のところに来てから数カ月後、仏御前は清盛の子を身ごもっていることに気づいた。迷惑をかけないために、仏御前は祇王たちに別れを告げ、故郷の加賀に帰ることに。その途次、男子を出産したが、死産だった。仏御前はその後二十一歳の若さで亡くなり、そのお墓は今の石川県小松市原町にあるという。

なんとも悲しいお話だ……。

❀小説『女徳』のモデルとなった尼僧による祇王寺の復興

祇王寺は一時期寂《さび》れていたけれど、**高岡智照《たかおかちしょう》**（一八九六～一九九四）という尼さんによって復興された。

彼女は、瀬戸内寂聴《せとうちじゃくちょう》の小説『女徳《じょとく》』のモデルとなった人であり、多くの男性と情を交わしながらも、運命に翻弄《ほんろう》されて数奇な生涯を送った点でも特筆される人だ。

十二歳にして父に売られた彼女は、その美貌から大阪で人気芸妓《げいぎ》となる。その後、愛情のもつれから、情夫への義理立てに小指を詰めたことで有名になり、東京・新橋へ移ったのちは絶世の美女として絵葉書のモデルにまでなった。
しかし、数度の自殺未遂と何人もの男性との別れを経て、三十九歳の時に出家したんだ。

「智照」を名乗った彼女は、当時寂《さび》れていた祇王寺の庵主《あんじゅ》となり、寺を復興させた。それは、八百年前に運命に翻弄された祇王たちが身を寄せた場所で、自分もそこで心穏やかな最期を迎えたいと思ってのことだった。
悩み苦しみ傷つきながらも明治・大正・昭和・平成と生き抜き、九十八歳で亡くなった智照の句を最後に紹介しておくね。

まつられて　百敷《ももしき》き春や　祇王祇女

花見の宴で舞う美しい女房との「実らぬ恋」

滝口入道《たきぐちにゅうどう》（生没年不詳）
横笛《よこぶえ》（生没年不詳）

時は平家全盛時代。平重盛《しげもり》に仕えていた**斎藤時頼《さいとうときより》**という武士が、十三歳の頃から宮中警護にあたる**「滝口の武士」**になっていた。

「滝口」というのは、内裏《だいり》にある清涼殿の軒下を流れる御溝水《みかわみず》の落ち口のことで、その近くにある詰所に控える武士のことを「滝口の武士」と呼んだんだ。時頼が出家したのち、**「滝口入道」**と呼ばれたのは、このことに由来する。

時頼は、高倉《たかくら》天皇の中宮の建礼門院徳子《けんれいもんいんとくこ》に仕える**横笛**という美しい女房《にょうぼう》に恋をした。『平家物語』には二人の出会いの詳しい記述はないいんだけど、高山樗牛《たかやまちょぎゅう》の小説『瀧口入道』によると、花見の宴で「春鶯囀《しゅんのうでん》」を舞う横笛のあでやかな舞姿に、時頼がひと目惚れしたとある。

時頼は横笛に熱烈な恋文を送るんだけど、ほかにも横笛を得んとするライバル男性がいて、横笛はいずれとも心を決められない。

ところが、なぜか**ある日を境として時頼からの手紙がプッツリと途絶えてしまう。**

❀「恋しい人」との結婚を親に許されず出家

時頼は、横笛と一緒になりたいと本気で思っていた。ところが、父がこの恋を伝え聞いて許さない。いくら若くて美しいといっても横笛は下働きの女官、身分が低くて駄目だ。お前は有力者の娘と結婚して出世しろ、と。

時頼は思った。

「どんなに生きても七、八十年の人生。そのうち元気なのは二十余年に過ぎない。そんな夢幻のような儚いこの世で、好きでもない者と連れ添っても意味などない。かといって、恋しい人と一緒になろうとすると、父の命に背くことになる。これぞ仏道に入るよい機会だ」

そして、横笛には告げることもなく、十九歳にして出家してしまった。なんとも潔い話だ。

あとになって手紙が途絶えた理由を知った横笛は、やっと真実の愛を悟った。時頼からの手紙は、無骨だったけれど愛情にあふれていた。今さらながらに気付く時頼への恋心。

「自分を捨てるのは仕方がないにしても、勝手に出家してしまったことが恨めしい。どうしてその前にひと言知らせてくれなかったのでしょう。訪ねて恨み言を言おう」

と思い、ある日都を出て、時頼のいる嵯峨野の往生院の子院（現在は滝口寺《たきぐちでら》としてお堂がある。なんと、祇王寺の隣）に向かった。

✻横笛をつれなく追い返した滝口入道の「真意」

横笛が往生院の近くまでやってくると、誦経《ずきょう》が聞こえてきた。この声は時頼、いや今は出家して滝口入道となったあの人の声に間違いない……！

横笛は面会を乞《こ》うたけれど、滝口入道の代わりに出てきた人に「ここにそんな人はいない。お門違《かどちが》いだ」と、つれなく断られてしまう。冷たい仕打ちに、横笛は情けなく恨めしかったけど、涙をこらえて帰るしかなかった。

この様子を襖の隙《すき》から覗いて見ていた滝口入道は、横笛が帰ったあと、

「好きなのに別れてしまった女性に、この場所を知られてしまった以上、ここにはもういられません。一度は会いたい気持ちをこらえて、今日はなんとか追い返しましたが、**もう一度慕《した》って来られたなら、次は心が動いてしまいましょう**」

と言って嵯峨野を出て、女人《によにん》禁制《きんぜい》の高野《こうや》山《さん》に登り、静浄心《しょうじょうしん》

滝口入道との再会は叶わず、
悲しみに暮れる横笛

院《いん》へ居を移したんだ。

❀滝口入道を引き留められなかった横笛も出家

その後、横笛が尼になったと聞いた滝口入道は、次の歌を横笛に贈った。

そるまでは うらみしかども あづさ弓　まことの道に いるぞうれしき

訳 あなたが出家するまでは、この憂き世を恨んでいた私ですが、あなたも尼となって仏道に入ったと聞いて、大変嬉しく思っています。

それに対する横笛の返歌は、次のようなものだった。

そるとても なにかうらみむ あづさ弓　ひきとどむべき こころならねば

訳 髪を剃って尼になったといっても、どうしてあなたをお恨みしましょうか。とても引き留めることができなかったあなたの固い決心なのですから。

しかし、横笛はもの思いが募ったせいか、ほどなく亡くなった。

滝口入道はそれを聞いてますます仏道修行に励み、高野山の大圓院《だいえんいん》の八代住職となり、**「高野の聖《ひじり》」**と呼ばれるまでになったんだ。

なお滝口入道は、元暦元年（一一八四）に、自分を訪ねてきた**維盛《これもり》の入水に立ち会っている**（95ページ参照）。

❊高山樗牛の『瀧口入道』

この二人の悲恋を一躍有名にしたのは、高山樗牛の小説『瀧口入道』だった。讀賣新聞の懸賞小説に応募して二等（一等は該当作なし）となり、明治二十七年（一八九四）から新聞に連載されると、多くの読者の心をとらえたんだ。

応募時、樗牛は東京帝国大学哲学科在学中で、まだ二十二歳。応募規定は「匿名《とくめい》」だったため、審査員だった尾崎紅葉《おざきこうよう》や坪内逍遥《つぼうちしょうよう》らは、その文体と内容の老練さから、作者は古典に精通した老大家と予想していたので、その若さに驚嘆したという。

樗牛はその後、文芸評論家・思想家として活躍したんだけど、肺結核が悪化して三十一歳の若さで亡くなっている。最期の言葉は、**「自分はもはや一切の未練をこの世に覚えぬ」**だった。

三十一歳にしてこのセリフ……。樗牛もまた、滝口入道の潔さをよしとしていたのかもしれないね。

『滝口入道』は樗牛にとって唯一の小説作品だけど、**生前に作者の名が明かされることはなかったんだ。**

清盛に仲を引き裂かれ、箏の音を頼りに……

高倉《たかくら》天皇（一一六一～一一八一）
小督《こごう》（一一五七～没年不詳）

「平家にあらずんば人にあらず」の平家全盛の時代。後白河院《ごしらかわ》は、六条《ろくじょう》天皇をわずか五歳で退位させ、第七皇子の高倉天皇を八歳で擁立《ようりつ》して院政を敷いた。

そして平清盛は、三女の建礼門院徳子を高倉天皇の中宮として入内させることで天皇の外戚《がいせき》となった。ここに**「後白河院と平清盛」という、権力と欲望の渦巻く最強タッグ**が完成したんだ。

でもその時、高倉天皇はまだ十二歳。政略結婚した六歳年上の徳子との間に愛情はなく、あちらのほうもなく、ままごとのような夫婦関係だったんだ（だから、しばらく二人の間に子供はいなかった）。

思春期を迎えた高倉天皇は、徳子ではなく、ある女房を愛するんだけど、その女房が若くして病気で亡くなってしまったため、悲しみに沈んでいた。それを見かねた徳子は天皇を慰めようと、宮中一の美人で箏《そう》の名手として名高かった女性を紹介したんだ。

その名は**小督**。小督は冷泉《れいぜい》（藤原《ふじわら》）隆房《たかふさ》という公卿の愛人だったんだけど、高倉天皇に見初められ、あっという間に寵姫《ちょうき》となった。徳子様、本当にこれでいいの？

❀「二人の娘婿」の愛情を奪われ、清盛は大激怒！

この事態に激怒したのは中宮の徳子、ではなく、中宮の父の清盛だった。

実は、小督を愛人としていた冷泉隆房の本妻は、清盛の五女だったからだ。

「小督という一人の小娘に、二人の娘婿《むすめむこ》の愛情を奪われた」

と、清盛が憤慨したのも無理はないよね。

特に徳子には、なんとしても高倉天皇との間に男の子を生んでもらい、その子を次の天皇にしてさらなる権勢を振るう――それが清盛の目的だったんだから。

平家一門のこれからの安泰のためにも、小督が高倉天皇の寵愛を一身に受ける事態は、避けねばならなかったってわけ。

小督は、清盛の怒りを漏れ聞いて恐れをなし、内裏をこっそり抜け出し、身を隠してしまう。一方、小督を失った高倉天皇の嘆きは深く、泣いてばかりいた。小督の気持ちも考えず、なんとも情けない……。

そんなある日、小督が嵯峨野に隠棲しているという噂を耳にした高倉天皇は、腹心の部下である**源仲国**《みなもとのなかくに》を召し出して、小督を捜し出すよう命じたんだ。

しかし、嵯峨野といっても広い。当てもなく捜したのでは、まず見つからない。どうする仲国!?

❀折しも中秋の名月、「想夫恋」をつま弾く音が……

実は仲国には考えがあった。かつて御所で小督の箏の音に合わせて笛を吹いたことがあり、**小督の箏の音を聞き分ける自信があったんだ**。すごい耳の持ち主だね。

幸い今宵は中秋《ちゅうしゅう》の名月。この風流な月の明るさに誘われて、小督が箏を弾くに違いない。そう考えた仲国は馬を駆り、箏の音《ね》を求めて嵯峨野を目指した。

嵐山の東、法輪寺《ほうりんじ》のあたりまで来た仲国は、かすかな箏の音を耳にした。それは紛れもなく聞き覚えのある小督の箏の音。**夫を恋うる「想夫恋《そうふれん》」の曲**だった。

小督が高倉天皇を思い出して弾いているに違いない！　仲国は、箏の音のする家の門を叩くが、入れてもらえない。そこで無理やり門を押し開けて家の中に入り込むと、仲国の読み通り、小督がそこにいた。

ビンゴ!!

仲国は高倉天皇からの手紙を渡した。小督はそれを読んで高倉天皇の想いを理解し、自ら返事を書いて仲国に託した。

❀「秘密の逢瀬」を重ねる二人

仲国から小督の手紙を受け取った高倉天皇は、どうしても小督に会いたくなり、今度は小督を連れてくるよう仲国に命じた。命令し放題ですな……。

仲国は、清盛の報復が怖いけど、天皇の命には逆らえず、嵯峨野に取って返し、嫌がる小督をなだめすかして内裏に連れてきた。そして誰にも気づかれないように、高倉天皇と小督とを引き合わせたんだ。

「焼け木杭《ぼっくい》に火がつく」とはこのこと。その日から二人の逢瀬《おうせ》が毎夜毎夜続くうちに、小督は妊娠し、女の子が生まれた。

しかし、そのことを清盛が聞きつけないわけがない。

箏の音を頼りに小督を見つけ出した仲国

「小督がいなくなったなんて大嘘だったんだな」と怒り、小督を捕らえて無理やり出家させ、追放してしまったんだ。

小督としては、出家することは当初の望みだったけれど、清盛の逆鱗《げきりん》に触れて無理やり尼にされ、みすぼらしい墨染《すみぞめ》の衣をまとって嵯峨野に住むことになったのは悲しかった。まだ二十三歳の若さ、同情を禁じえない。

一方の高倉天皇は、徳子との間に皇子（のちの安徳《あんとく》天皇）をもうけたものの、小督と会えなくなったのがショックで病気になり、二十一歳の若さで崩御した。やっぱり情けない……。

なお、二人の間に生まれた女の子は、あの猫間《ねこま》中納言藤原光隆《みつたか》（154ページ参照）のもとで養育され、賀茂斎院《かものさいいん》などの職について三十四歳で病没したという。

メモ

法輪寺…桂川《かつらがわ》に架かる有名な渡月橋《とげつきょう》から嵐山を望むと、山の中腹に法輪寺の多宝塔《たほうとう》が見える。渡月橋は、法輪寺の道昌《どうしょう》が川を改修した折に架けたのが始まりとされ、江戸時代までは「法輪寺橋」と呼ばれていた。
その渡月橋のほとりに「小督塚」があり、橋の北詰めに「琴きき橋跡」の碑が建てられている。渡月橋の観光ついでに、是非お立ち寄りください。

「歌才」により惹かれ合った二人

平　資盛《たいらのすけもり》（一一六一〜一一八五）
建礼門院右京大夫《けんれいもんいんうきょうのだいぶ》（一一五七〜没年不詳）

平資盛は重盛の次男。つまり、清盛の孫にあたるんだ。
『平家物語』に出てくる資盛の最初のエピソードは、嘉応《かおう》二年（一一七〇）に起きた「殿下乗合事件《てんがののりあい》」（84ページ参照）だ。

若気の至りとはいえ、摂政相手に無礼を働き、それを逆恨みした清盛が摂政に仕返ししたというこの事件は、『平家物語』において、清盛の悪行の始めであったと記されている。資盛も罪作りな事件を引き起こしたものだ。

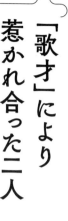

❀若武者と女房の「切ない恋の歌」

さて、時は流れ、資盛も若武者となり、自分より四歳年上の女性、**建礼門院右京大夫**という魅力的な女性と出会う。彼女は高倉天皇の中宮である建礼門院徳子（清盛の娘）に出仕していた女房だ。

歌才のあった二人は惹かれ合った。

ある時、資盛が右京大夫にこんな歌を贈った。

浦見ても かひしなければ 住の江に 生《お》ふてふ草を 尋ねてぞみる

訳 住の江の浦を見ても貝がないように、あなたを恨んでも甲斐がないので、片想いのあなたを忘れるために、住の江に生えているという「忘れ草」を探してみました。

「貝がない」と「甲斐がない」の掛詞などを駆使した技巧的な素晴らしい歌だ。資盛は、この歌と共に、本物の貝と忘れ草を右京大夫のもとに届けたんだ。なかなか粋な

ことをするねぇ。それをもらった右京大夫の返歌はというと、

住の江の 草をばひとの 心にて 我ぞかひなき 身を恨みぬる

訳 住の江の「忘れ草」というのは、あなたのつれない心のほうであって、私こそあなたを想っても甲斐がない我が身を恨んでおりました。

うん。右京大夫も負けていないね。

資盛が、報われない切ない恋心を伝えたのに対して、右京大夫も、あなたこそつれないじゃありませんかと返す。要するに**「両想い」**じゃん。

❀「都落ち」のさなか、資盛のとった行動とは⁉

これが平和な平安時代の貴族の恋なら、雅《みやび》な男女のやり取りを楽しめばいいんだろうけど、資盛が直面したのは「平家の都落ち」という悲しい現実だ。

資盛は愛する右京大夫に密かに会いに行き、今生《こんじょう》の別れを告げたあと、自分の後世

を弔ってほしいと願ったんだ。もう死を覚悟していたんだね。
その後、都落ちの途次、資盛が兄の維盛の入水を知って悲しんでいた時、右京大夫からの慰めの手紙に対し、資盛は次の歌を詠んだ。

あるほどが　あるにもあらぬ　うちになほ　かく憂きことを　見るぞかなしき

訳 生きていることが生きていることにもならないこの世のうちにあって、こんなつらい目にあうのは悲しいことです。

これが右京大夫への最後の便りとなった。
元暦二年（一一八五）三月、「壇ノ浦《だんのうら》の戦い」で平家軍は源氏軍に大敗北し、資盛は入水した。まだ二十五歳の若さだった。

❀大原の寂光院に建礼門院を訪ねる右京大夫

右京大夫は、資盛が壇ノ浦で入水して亡くなったのを知り、悲しみに暮れる日々を送っていた。

ある日、右京大夫は意を決して山道を分け入り、大原にある寂光院《じゃっこういん》を訪ねたんだ。そこには、かつて仕えていた**建礼門院**がいると聞いて。そして、痩せ衰え変わり果ててしまった建礼門院と再会を果たした。

あれほど華やかな世界にいた人が、今は粗末な尼の姿に身をやつして目の前にいる。世が世なら国母たる人が、こんな姿に……。右京大夫は胸をかきむしられるような悲しみに襲われ、次の歌を詠んだ。

今や夢 昔や夢と 迷はれて いかに思へど うつつとぞなき

訳 今が夢なのでしょうか、それともあの華やかな昔が夢なのでしょうかと、迷う気持ちになって、いろいろと思うけれど、今の姿は現実とは思えないのです。

❀「もう一つの平家物語」といわれる『建礼門院右京大夫集』

それから二十年以上の歳月が過ぎた。その間、右京大夫は再び出仕し、後鳥羽院《ごとば》に仕えていた。

そんなある日、藤原定家《ていか》から勅撰集に載せる歌を求められた右京大夫は、光栄に思って書き溜めていた私家集を提出した。

右京大夫は女房として仕えている間、何度か名を変えていた。定家が勅撰集の中に和歌を入れるに際して尋ねた。

「お名前はなんと？」

その時、彼女が選んだ名前は「建礼門院右京大夫」だった。「建礼門院」、それこそが彼女の青春、最も思い入れのある名前だったから……。

定家に渡した私家集はのちに**『建礼門院右京大夫集』**と呼ばれ、そこには、建礼門院の華やかなりし頃の姿や平家の栄枯盛衰、そして資盛との恋愛などが歌と共に書き記されていた。

この『建礼門院右京大夫集』には、**宮中にいた女房だからこそ見られた平家の公達《きんだち》の等身大の姿**が描かれている。

それゆえ、**「もう一つの平家物語」**と呼ばれているんだ。

捕虜となった男と東女との淡く切ない恋

平《たいらの》重衡《しげひら》（一一五七〜一一八五）
千手《せんじゅ》の前《まえ》（一一六五〜一一八八）

平重衡は清盛の五男。母は、安徳天皇と三種の神器と共に壇ノ浦の海に入水した二《に》位尼時子《いのあまときこ》だ。重衡は清盛の息子として順調に出世し、二十三歳で中将《ちゅうじょう》に進んだ。でも、そこが人生のピークだった。

治承四年（一一八〇）五月、以仁王《もちひとおう》が挙兵した時、大将軍として追討軍を指揮した重衡は、以仁王を匿《かくま》ったとして、まず近江国の園城寺《おんじょうじ》（現在の滋賀県大津市）を焼き払った。ついで、興福寺《こうふくじ》や東大寺の僧兵たちと戦い、ここでも火を放ってしまう。

放った火は折からの北風に煽られて燃え広がり、寺を含む一帯を焦土《しょうど》に変え、多数の僧侶たちが焼死し、東大寺の大仏までも焼け落ちてしまった。この大火災は意図したものなのか、そうではないのか、今となってはわからないけれど、被害は重衡の予想をはるかに超えたものだったはずだ。さすがにやり過ぎた。

戦いに勝利した重衡は意気揚々と都へ凱旋《がいせん》し、清盛は喜んだけれど、南都（奈良）の宗徒からは、清盛は「仏敵」として深い憎悪の目を向けられることになったんだ。

この**南都焼き討ちは、平家の悪行の中でも最たるもの**とされ、その遺恨が最後に重衡の身に降りかかることになる。「南無三《なむさん》」（＝やっちまった！）と言ってももう遅い。

❀「南都焼き討ち」の因果か？　生け捕られた重衡

翌治承五年（一一八一）閏二月四日、清盛が死去した。そこから先、平家は転落の一途をたどることになるんだ。

頼朝《よりとも》や義仲《よしなか》など、各地で挙兵した源氏との戦いに、重衡は何度か勝利したものの、もはや源氏の勢いを止めることはできず、頼りない兄の宗盛《むねもり》を棟梁とした一門と共に都落ちするしかなかった。

その後、「一ノ谷の戦い」において大敗北を喫した際、敗走に次ぐ敗走を重ねていた重衡は、ついに**乳母子と二人だけになってしまった**。そして、追手《おって》に馬を射られた重衡は立ち往生した。

その時、たった一人の従者《ずさ》だったその乳母子は、重衡を助けるどころか、自分の馬に鞭《むち》を当てて逃げていってしまったんだ。

「私を捨ててどこへ行くのだ!!」

と叫ぶ重衡の声に、聞こえないふりをして一目散に逃げる乳母子。

遠ざかっていく乳母子の後ろ姿を見ながら愕然《がくぜん》とする重衡は、「もはやこれまで」と切腹する覚悟を決めたけど、その前に捕らえられてしまった。

ちなみにこの乳母子、名前を後藤盛長《ごとうもりなが》というのだけど、源平合戦が終わったあと、みんなから「恥知らずの盛長」と謗《そし》られたという。そりゃそうだよね……。

捕虜となった重衡は、京の六条通を引き回される屈辱を味わう。それを見た沿道の人々は、**「南都を焼き討ちにした罰《ばち》が当たったのだ」**とささやき合った。

そのまま処刑されても仕方がないところだったんだけど、後白河院が重衡を利用することを思いつき、**「三種の神器を返せ、さすれば重衡を返そうではないか」**という院宣を平家に送った。相変わらず策士の、いや狸《たぬき》の後白河院だ。

それとは別に、重衡から切々《せつせつ》たる命乞いの手紙を受け取っていた母の二位尼時子は、お願いだからこの院宣を飲むようにと泣いて頼んだ。しかし知盛《とももり》が、

「三種の神器を返したからといって重衡が無事に戻ってくるとは限りません。相手は海千山千の後白河院ですぞ。信用してはなりません」

と反対し、棟梁の宗盛もそれに賛成したため、交渉は決裂した。かわいそうに、重衡は見捨てられた。

安徳天皇と三種の神器は、今の平家にとっては重要な意味を持つ切り札中の切り札、手放すわけがない……。

❋「毅然とした誇り高き態度」に鎌倉武士もホロッ

予想していたとはいえ、これで助かる望みはなくなった。気弱になった重衡は、出家を申し出るものの許されない。ただ**法然上人**《ほうねんしょうにん》との面会だけは許された。

法然上人といえば、「『南無阿弥陀仏』と称えれば、誰でも必ず来世は極楽に生まれ

ることができる」と説いて日本仏教界に革命を起こし、浄土宗を開いた人だ。

重衡が東大寺焼き討ちなどのこれまでの罪を懺悔すると、法然上人はしばらく涙にむせんだあと、ひたすら念仏を称えることを勧め、その場で**剃髪《ていはつ》の真似をして重衡に十戒《じっかい》を授けてくれた**。それで重衡はなんだか晴れ晴れとした気分になった。

重衡は捕虜として鎌倉に送られ、頼朝と対面した。その時、すでに死を覚悟し、吹っ切れていた重衡は、頼朝に向かって堂々と自説を述べたんだ。

「その昔、平氏と源氏は共に朝廷の警護をつとめてまいりましたが、この二十年は、わが平家だけが繁栄を極めてきました。しかし、平家の命運はもはや尽きました。前世で行った悪事の報いでしょう。

私も囚《とら》われの身です。武士が捕虜になり、敵の手にかかって死ぬことは恥ではありません。かくなるうえは、さっさと首を斬られよ」

重衡の毅然とした誇り高き態度に、「あっぱれな大将軍だ」と、頼朝をはじめ源氏の一門はみな感銘を受けて涙を流したという。

❀清らかで優美な娘「千手の前」との出会い

頼朝は、敵ながらあっぱれな重衡を手厚く遇することにした。捕虜として西国から鎌倉へと押送した期間は、まる一カ月を要していた。そこで、疲れた重衡のために湯殿《ゆどの》が設けられたんだ。

この時、入浴の世話をするために遣わされた女房に、重衡は心惹かれた。名を「**千手の前**」といい、色が白く清らかでとても優美な二十歳の女性だった。頼朝もなかなか粋なことをするよね。

ある物寂しい雨降る夕べ、重衡を慰めるために管弦の宴が催された。千手の前は重衡にお酌《しゃく》をするとともに、菅原道真《すがわらのみちざね》の漢詩の一節を朗詠したり、心を込めて今様をいくつか歌ったりしたんだ。

千手の前の教養の深さと歌の素晴らしさに感心しきりの重衡は、捕虜であることも忘れ、次第に心を和ませ、楽しく盃《さかずき》を傾けた。そして、千手の前が琴を弾くと、重衡も戯れに琵琶を弾くなどして、優美な宴はたけなわとなっていった。

「東国の地にもこんな優雅な人がいるとは、思いもかけなかった」と重衡は感動し、もう一曲所望すると、千手の前は澄んだ声で歌い始めた。

重衡もそれに合わせて楚《そ》（古代中国の国）の項羽《こうう》を吟《ぎん》じた詩を朗詠し、その内容を説明した。重衡が自らを悲劇のヒーロー項羽に擬した心持を理解した千手の前は、重衡の教養の深さに感動するばかり……。二人の間に恋が芽生えた瞬間だ。

その典雅な宴の様子をあとで聞いた頼朝は、立場を憚《はばか》って宴に同席しなかったことを悔いたという。たしかに、ボクだって同席したかったくらいだ。

❀重衡斬首、その時、妻と千手の前は……

元暦二年（一一八五）六月、「仏敵」重衡を激しく憎む南都衆が、重衡の身柄を要求してきた。頼朝はこれに応じるしかなく、重衡は鎌倉から奈良へ押送されることになった。

ところで、重衡には妻がいた（黙っていたわけではないよ）。その妻は、「壇ノ浦の戦い」で入水したものの助け上げられ、日野（現在の滋賀県蒲生郡《がもう》）に隠棲していた。重衡がそこを通り過ぎる時、妻に会わせてほしいと懇願したところ、許された。二人は最後の別れを惜しんだ。**重衡は額にかかる髪の毛を噛み切って形見として渡した。**そして重衡が歌を詠むと、妻もそれに応えた。

せきかねて 泪《なみだ》のかかる からころも 後《のち》に形見に ぬぎぞかへぬる

訳 涙を止めかねても衣にかかる、その涙のかかった衣を、のちまでの形見として脱ぎ替えたことよ。

ぬぎかふる ころももいまは なにかせん けふをかぎりの 形見と思へば

訳 脱ぎ替えた衣も、今となってはなんの役にも立ちません。今日限りの命の貴方の形見だと思いますと。

別れの最後に重衡が、「縁があるなら、後世でまた会おう」と言うと、妻はただ泣き崩れるしかなかった。今生の別れとは、こうしたことをいうのだろう。

重衡は、木津川《きづがわ》（現在の京都府木津川市）の河原で斬られることになった。

重衡が仏を拝みながら死にたいと言うので、武士の情けとばかり、近くにあった阿弥陀如来《にょらい》像を運んできて河原に据えた。

その**阿弥陀如来像に結ばれた紐の端を手に持った重衡**は、法然上人の教え通り、念仏を朗々と称え始めた。それが十回を数えた時、重衡が自ら首を前に伸ばし、斬首された。享年二十九。

重衡の処刑に集まっていた数千人の見物人は、この場面を見てみな涙したという。妻は重衡の胴体と首を引き取り、荼毘《だび》に付して葬った。その後、出家して夫の後世を弔った。果たして二人はあの世で再び出会えたのだろうか。

重衡が斬られたことを伝え聞いた千手の前も、尼となり重衡の菩提を弔った。『吾妻鏡』によれば、彼女は重衡の死後何年も経ずして、わずか二十四歳でその生涯を閉じたという。

重衡を恋い慕うあまり早く亡くなったのであろう、と人々は噂し合った。なんと、けなげな……合掌。

おわりに

「滅びゆく命の輝き」を描き出す物語

この本を書き終わった今、つくづく思うことがあります。

『平家物語』は、今こそ読まれるべき古典、今この時代だからこそ読んでほしい本であると。

どう生きるべきかについて確固たる指針をなくし、心の拠《よ》り所《どころ》を失ってしまった今の世の中は、不思議なことに『平家物語』の世界観とシンクロするところがあります。

『平家物語』の舞台は平安時代末期、末法《まっぽう》の到来を恐れる中で、貴族社会から武家社会へと移り変わろうとしていた、時代の変革期にあたります。天災や飢饉が続き、民衆が不安に駆られて厭世《えんせい》的になっていた当時、颯爽と現われた平清盛と平家一門は、絵に描いたような栄枯盛衰の物語を紡《つむ》ぎます。

『平家物語』は「軍記物語」に分類されるので、血なまぐさい戦いの場面の描写が多いのは事実ですが、描かれている中心は「人間」です。個性あふれる平家一門の姿を通して、「どう生き、どう死ぬか」という人間の普遍的テーマをわかりやすくドラマ化し、見事な文体で描いているのが『平家物語』なのです。

前半の主人公にあたる平清盛が六十四歳、その嫡男重盛は四十二歳で亡くなっています。この二人は病死ですが、平家一門の多くは源平合戦の中、戦死したり、刑死したり、自ら命を絶ったりしています。

宗盛三十九歳、知盛三十四歳、重衡二十九歳、維盛二十六歳、資盛二十五歳……。みなまだまだこれからという年齢です。

時代の波に翻弄《ほんろう》され、命を断たざるをえない運命を粛々と受け入れていく若き平家一門の姿を読み進むにつれ、胸がかきむしられるような悲しみに襲われます。

しかし同時に、生きている間に命を完全燃焼させることが、どれほど大切なのかを痛感させられる――これが『平家物語』の神髄《しんずい》であり、だからこそ七百年以上もの間、読み継がれ、語り継がれ、聞き継がれてきた傑作中の傑作だと納得させられるのです。

『平家物語』の主題である「無常」は、ただ滅びゆく者に対する哀惜《あいせき》や詠嘆ではなく、精一杯生きた人間としての証です。

常無《つねな》きことは、ただの虚しさとは違う。か弱く儚い生き物である人間が、この常無き世にどう爪痕《つめあと》を残すのか、そのもだえ苦しむ姿を描いたのが『平家物語』であり、善悪や勝敗を超えた世界がそこにある。だからこそ読む者、聞く者を感動させるのです。

この本が、混沌とする今の世を生きるための一助となることを、心から願ってやみません。

板野博行

●参考文献

『日本古典文学全集29・30　平家物語一、二』市古貞次校注・訳（小学館）／『平家物語（一）』山下宏明・梶原正昭校注（岩波文庫）／『人物叢書　平清盛』五味文彦、日本歴史学会編集、『日本中世の歴史3　源平の内乱と公武政権』川合康（吉川弘文館）／『権勢の政治家　平清盛』安田元久（清水書院）／『日本の歴史6　武士の登場』竹内理三、『マンガ日本の古典　平家物語　上・中・下』横山光輝（中公文庫）／『官職要解』和田英松（講談社学術文庫）／『別冊國文学　平家物語必携』梶原正昭編（學燈社）／『絵本　源平絵巻物語　第一〜八巻』赤羽末吉、今西祐行（偕成社）／『絵巻平家物語　1〜9』木下順二、瀬川康男（ほるぷ出版）／『絵で読む日本の古典4　平家物語』田近洵一監修（ポプラ社）／『同時代ライブラリー　古典を読む253　平家物語』木下順二、『古典講読シリーズ・平家物語』梶原正昭（岩波書店）／『清盛と平家物語』櫻井陽子、加賀美幸子朗読（朝日出版社）／『平家物語――〈語り〉のテクスト』兵藤裕己（ちくま新書）／『乱世に挑戦した男　平清盛』岩田慎平、『源平　海の合戦』森本繁、『乙女の「平家物語」』井上渉子（新人物往来社）／『江戸川柳で読む平家物語』阿部達二（文春新書）／『1日で読める平家物語』吉野敬介（東京書籍）／『実は平家が好き。』ダ・ヴィンチ特別編集（メディアファクトリー）／『平家物語作中人物事典』西沢正史編（東京堂出版）／『美しき鐘の声　平家物語一〜三』木村耕一（1万年堂出版）／『平家の群像　物語から史実へ』高橋昌明（岩波新書）／『源平盛衰記絵本をよむ　源氏と平家合戦の物語』石川透、星瑞穂編（三弥井書店）／『決定版図説　源平合戦人物伝』（学研プラス）／『イケメン☆平家物語』山下景子（PHP研究所）／『じつは面白かった「平家物語」』小林賢章（PHP文庫）／『平家の群像』安田元久（はなわ新書）／『玉葉』（名著刊行会）／『新潮古典文学アルバム13　平家物語』牧野和夫、小川国夫（新潮社）／

『AERA Mook 平家物語がわかる。』（朝日新聞社）／『「平家物語」を旅しよう』永井路子（講談社文庫）／『平清盛　福原の夢』髙橋昌明（講談社選書メチエ）

●画像出典

フォトライブラリー：p.29、45、53、124、144、165、203、235
ColBase（https://colbase.nich.go.jp/）：p.39、67、129、149、176
メトロポリタン美術館：p.59
国会図書館ウェブサイト：p.84、115、223、241、249
共同通信社：p.103、190

本書は、本文庫のために書き下ろされたものです。

眠《ねむ》れないほどおもしろい平《へい》家《け》物語《ものがたり》

著者　板野博行（いたの・ひろゆき）
発行者　押鐘太陽
発行所　株式会社三笠書房
〒102-0072 東京都千代田区飯田橋3-3-1
電話　03-5226-5734（営業部）03-5226-5731（編集部）
https://www.mikasashobo.co.jp
印刷　誠宏印刷
製本　ナショナル製本

 ISBN978-4-8379-6974-7 C0195

＊落丁・乱丁本は当社営業部宛にお送りください。お取替えいたします。
＊定価・発行日はカバーに表示してあります。

王様文庫